殿下の趣味は、私（婚約者）の世話をすることです

月神サキ

Saki Tsukigami Presents

fairy kiss

この作品はフィクションです。
実際の人物・団体・事件などに一切関係ありません。

殿下の趣味は、私（婚約者）の
世話をすることです

fairy kiss

序章　婚約者が決まりました

――私の住む国、『ノアノルン王国』はとても平和な国である。

森や山といった大自然に囲まれ、戦争や侵略もここ数百年はなく、皆、のんびりと暮らしている。

とはいえ、武力を持たないというわけではない。騎士団はあるし、魔法も盛んに研究が進められている。

いざという時は皆、立ち上がるし、戦いになれば負けるつもりはない。

国の力は高めつつ、平和に楽しく暮らす。

それがこの国の在り方なのだ。

そして私、シャーロット・グウェインウッドはそんな国の公爵家の娘として生まれ、育った。

父と母、そして五つ年の離れた兄。

皆に愛され、何不自由なく育った私は、今年、十八歳となった。

十八歳はこの国では成人。成人した貴族には、多少の例外を除き、婚約者が与えられる。

私にも近々、婚約者ができるだろう。

それは仕方のないことと理解しているし、従う心づもりではあるが、私にはひとつだけ心配していることがあった。

――婚約者は、私の趣味の食べ歩きを許してくれるかしら？


この一点である。

私は、昔から食べることが好きな子供だった。

好き嫌いは当然ないし、その身体のどこに？　と驚かれるくらいにはもりもり食べる。

生きていて何が楽しいと聞かれたら「食べること！」と即答するほど食事が好きなのである。

幸いなことにいくら食べても太らない体質なので、家族も好きにすればいいと苦笑気味ではあるが放置している。

屋敷の料理人たちは食べっぷりのいい私を気に入り、時々試食もさせてくれていた。

そんな私の趣味は、ある意味当然と言おうか、王都での食べ歩きだった。

王都の広場には毎日のように露店が出ており、美味《おい》しいものが売られている。それらの店を一軒一軒回り、最低でも一週間に一度は買い食いを楽しむのが私の生きがいなのである。

それを、私の夫となる人は許してくれるだろうか。

結婚は公爵家の令嬢として生まれた者の義務だから仕方ないが、それだけが心配だった。

「……所領に引き籠もり系の領主とかがお相手じゃなければいいけど」

今、私は王都にある屋敷に父と母と三人で住んでいて、所領にはあまり帰らない生活をしている。

それは何故《なぜ》かといえば、去年結婚した兄が所領で妻と暮らしているからだ。

近く父から爵位を継ぐ予定の兄は、領主となるべく日々、勉強をしている。

そのため、私たちが所領に帰る必要がないのだが、できればその暮らしを続けたいと思っていた。

だって所領は田舎なのだ。

田舎は田舎で美味しいものがあるが、王都の賑《にぎ》やかさ、食べ物の種類の多さにはやはり敵《かな》わない。

外国の食べ物が入ってくるのだって、まずは王都だ。食の流行は王都から。

だから私は王都から離れたくはなかった。

たまにいる、所領から一歩も出ないタイプの貴族が結婚相手だったらと思うとゾッとする。

「鄙《ひな》びた田舎に引き籠もりとかつらすぎるわ……いや、田舎の新鮮な野菜や肉を楽しめばいいのよ。

……でも、たまに王都に連れていって下さるような優しい旦那様ならいいな」

父も私の食に対する執着を知っている。その辺りは考慮してくれると信じたい。

「私の食べ歩きに目を瞑《つむ》ってくれる人なら、ハゲでもデブでも老人でも、いっそ性格が歪《ゆが》んでても構わないわ」

父がそんな人物を私の夫に据えるわけがないとは思うが、わりと本気でそう思う。

そうして予測通りと言おうか、誕生日から数週間後、私は両親から屋敷の一階にあるサロンに呼び出された。

「お父様、お母様、お呼びでしょうか」

私を呼びに来た執事長と一緒にサロンに行くと、すでにそこには父と母が待っていた。

別の執事がテーブルにお茶の用意をしている。

彼らは用事を済ませると、一礼してサロンから出ていった。

「好きな場所に座りなさい」

ゆったりとしたひとりがけのソファに座った父は上機嫌で、私に座るよう指示した。それに従うと、父はじっと私の目を見つめながら口を開いた。

「ロティ、お前に話がある。大事な話だ」

「はい」

ロティというのは私の愛称だ。

シャーロットと呼ぶ者もいるが、家族や仲が良い友人たちはたいがい、『ロティ』と親しみを込めて呼んでくれる。

大事な話だと言う父に背筋を伸ばして返事をすると、父はゆっくりと言った。

「喜べ。お前の婚約者は、王太子ルイスフィード様に決まった」

「え？　冗談ですよね」

父には申し訳ないが、つい、本音が飛び出してしまった。

王太子ルイスフィード様は、私と同じで御年十八歳。

この国にひとりしかいない王子で、王太子である。

彼は黒髪に紫色の目をしたとても美しい方で、遠目からではあるが、私も何度か拝見させていただいたことがある。

半年ほど前に成人したこともあり、もうすぐ婚約者の発表があると社交界ではもっぱらの噂《うわさ》だった。

その相手は隣国の王女ではないかとか、いやいや宰相の娘ではないかと色々囁《ささや》かれていたのはもちろん知っていたが、まさか相手が私になるなんて思いもしなかった。

私が驚くことは分かっていたのだろう。父は余裕たっぷりの微笑《ほほえ》みを浮かべている。

「いいや、冗談ではない。私も先ほど陛下に呼び出されて、直接話をお伺いしてきたのだ。陛下は、確かにお前の名前をおっしゃられていた」

「ええ?」

「ゆえに勘違いとは考えられない」

「……」

黙り込んでしまった。

確かにうちは公爵家で、家格としてはなんの問題もない。

だが特に王子と特別な接点があるわけでもないし、父も王子の後ろ盾になるほどの力はないと思うのだ。何故、我が家が選ばれたのか、本当に分からなかった。

「どうしてでしょう……。私、殿下と直接お話しさせていただくような機会もありませんでしたが……」

「さて、私も陛下にお伺いしてみたが、答えては下さらなかった。ただ、殿下のご希望だとか」

「殿下のご希望?」

それはますます分からない。

私の容姿は公爵令嬢としてそれなりに整っている方だとは思うが、社交界で噂されるほどのものではないし、紫っぽい銀色の髪に銀灰色の瞳というのも、特別取りざたされるほどではないと知っているからだ。

取り柄と呼べるものはいくら食べても太らない体質くらいだけれど、それが殿下のプラスになるとは思えないし、首を傾《かし》げるしかない。

答えを求めて父の隣にいた母に目を向けるも、彼女も分からないという風に首を横に振るだけだった。

父が笑みを浮かべたまま私に告げる。

「ともかく、お前の婚約者は殿下と決まった。お前に拒否権がないのは分かっているな?」

「それは……はい、分かっています」

父の言葉に頷《うなず》く。

貴族社会では父の命令、国王の命令に従うのが当たり前なのだ。

特に娘は嫁ぐためにいると言っても過言ではない。父の言う相手に嫁ぎ、子を生《な》すことこそ使命と考えられている。

だから父が相手が決まったと言うのなら、「はい」と答えるしかない。

それが王太子というのはちょっと予想外だったけれど。

「早速ではあるが、明日、殿下と顔合わせがある。午後に登城するからお前もそのつもりでいなさい」

「分かりました」

「話は以上だ」

父の言葉を受け、椅子《いす》から立ち上がり、一礼する。

サロンから出て自室に向かいながら、私はひたすら首を捻《ひね》っていた。

婚約相手がまさかの王太子。

どうやら私の将来は王太子妃であり、王妃であるようだ。

「こんなこともあるのね……」

父が妙な相手を用意するはずがないとは思っていたが、王太子とは予想もしなかった。どうしてこうなったのだろうと溜息《ためいき》を吐《つ》きつつ、あ、とひらめいた。

「王太子様と結婚するのなら、王都から出なくていいから食べ歩きができる……？」

ぽん、と手を叩《たた》く。

王子と結婚するなら、住まいは王城だ。つまり、王都から出ることがない。

今までと同じで、食べ歩きし放題ではないかと気づいたのだ。

もとより私の結婚相手に求める条件など、『食べ歩きを許可してくれるか』程度のもの。

それが叶《かな》いそうだと分かった途端、父に心から感謝したくなってきた。

「やったわ……完全勝利じゃない」

ふふふとほくそ笑む。

ちなみにその後、王太子妃が単身で王都をウロウロできるはずがないことに気づき、心の底から落ち込んだ。

第一章　お世話されるのが婚約の条件のようです

次の日、私は朝から登城のための準備をしていた。

婚約者と対面するのだ。

最低でも盛装をする必要があるし、用意するにはそれなりに時間がかかる。

朝からお風呂に入り、使用人たちに念入りにマッサージをしてもらう。

用意された下着に袖を通し、鏡の前に座った。

「お嬢様。今日はどんな髪型にいたしましょうか」

「なんでもいいわ。好きにしてちょうだい」

「もう、お嬢様ってば、いつもそれなんですから」

笑いながらメイドのひとりが髪を編み込んでいく。

私の髪は長く、腰まである。ふわふわしているので、少しまとめた方が見栄えが良くなるのだ。

「元は良いのですから、もっとお気をつけになればよろしいのに」

「そう言われても、あんまり興味がないんだもの。仕方ないじゃない」

ファッションや化粧。

そういう年頃の娘なら当然持って当たり前の興味が私にはほとんどない。

礼儀だと思っているから必要なドレスアップはするが、アクセサリーやドレスなど、その選択はほぼメイドたちに一任しているのだ。

メイドたちのセンスは間違いないし、任せることに不安はない。

だからいつも『お任せ』している。

私が面倒だからという理由には目を瞑っておきたい。

「ドレスより、今日の晩ご飯の方が気になるのよ……」

悲しいくらい、これが本音だった。

だけど仕方ないではないか。人それぞれ興味のあるものは違う。

私の場合はそれが食に全振りされてしまっただけ……。

今日用意されたのはレースが美しい紫色のドレスだった。あまり着ない色に首を傾げていると、メイドたちが言う。

「殿下の瞳の色に合わせてみました。紫色だとお聞きしていますので」

「ああ……なるほど」

「ご婚約者としてお会いになるのですものね。それくらいはしないと」

「ありがとう」

私だって、婚約者となる人に良い印象を持ってもらいたいという気持ちくらいはある。

メイドたちの気配りに感謝しつつ準備を終え、父と一緒に馬車に乗った。

「いいな、ロティ。くれぐれも殿下に失礼のないように」

車内で父はしつこいくらいに念を押してきた。それに私も何度も頷く。

「ええ、お父様。分かっています。でも、今日はご挨拶だけなのでしょう？　特に問題があるようなこともないと思いますけど……」

「……」

何故かそこで父が黙り込んでしまった。

何かあるのかと怪訝《けげん》に思いつつ父を見つめる。詳しく聞き出そうとしたところで、城に着いてしまった。

「行くぞ」

私の視線を無視し、父が馬車を降りていく。

父に続き、タラップを降りると美しい城館が目の前にあった。

城の入り口には武装した兵士たちがずらりと並び、こちらを見ている。その目の強さに怯《ひる》みそうになっていると、ふたりの騎士がやってきて、優雅な仕草で頭を下げた。

「ようこそいらっしゃいました。僕たちがご案内いたします」

すらりとした体格の彼らは金髪碧眼。

身長も顔立ちも似ているが、片方は眼鏡をかけていて長髪。もう片方は短髪でニコニコと笑っているという違いがある。

着ている騎士服も少し違う。

長髪の彼が赤を基調としたもの。短髪の彼は青を基調とした服を着ていた。デザインがアシンメトリーで、いかにもセットという感じがする。

ふたりとも腰に剣をさげていて、それがとても似合っていた。

父が私に耳打ちしてくる。

「殿下の側仕《そばづか》えの騎士だ。覚えておきなさい」

「おふたりとも、ですか?」

「これは申し遅れました。僕はアーノルド・ドゥランといいます。こちらは双子の弟であるカーティスです。ふたりで殿下にお仕えしています」

ひそひそ話していたのが聞こえたのか、眼鏡をかけた方の男性が自己紹介をしてくれた。

ドゥランといえば、武で有名なドゥラン侯爵家の人間で間違いないだろう。

侯爵は近衛騎士団の団長を務めており、私でも知っている高名な人だ。

その息子たちが王子の側仕えというのは納得しかなかった。

「さ、参りましょう。殿下が首を長くして待っておられますから」

アーノルドが人好きのする笑みを浮かべながら先導する。そのすぐ横にカーティスが並んだ。

「そうそう。殿下、あんたが来るのをすっげー楽しみに待っていたからさ。あんな嬉しそうな殿下は初めて見た」

「カーティス。言葉遣い」

「えー、別にいいじゃん」

どうでもいいとばかりに、カーティスがケラケラと笑った。

アーノルドが申し訳なさそうに振り返る。

「申し訳ありません。弟はいつもこんな感じでして」

「殿下はお許しになられているのか？」

「はい」

父の言葉に、アーノルドが返事をする。

父は不快そうではあったが頷いた。

「殿下がよしとしていることを、こちらがとやかく言うつもりはない」

「ありがとうございます」

話はそれでおしまいのようだ。

ふたりの背中を追いかけるだけの時間がしばらく続いたあと、彼らはひとつの扉の前で立ち止まった。

アーノルドが振り返り、私たちに言う。

「こちらに殿下がいらっしゃいます。殿下はシャーロット様おひとりとの面会を望んでおられますので、ここからはご令嬢おひとりでどうぞ」

「えっ……」

いきなりふたりきりで会うことになるとは思わず、私は焦りつつも父を見た。

父も眉を寄せている。

「私は殿下とお会いできないのか？」

「その必要はないとおっしゃられています。公爵様も事前にお話は聞いておられたと思いますが？」

「それはそうだが……最初の挨拶くらいは」

難しい顔をする父。

しかし事前に聞いていたとはなんのことだろう。

私は何も知らされていないのだけれど。

困惑していると、アーノルドが笑みを浮かべながら言った。

「そうそう。言い忘れておりましたが、陛下が公爵様をお呼びです。公爵様はどうぞ、陛下のもとに」

「……陛下のお呼びなら否やはないが」

国王が呼んでいると聞き、父が頷く。アーノルドの笑みが深くなった。

「よかった。それではカーティス、陛下のところまで公爵様をご案内して差し上げて下さい」

「えー、オレが行くの？　めんど……アーノルドが行きなよ」

「僕は殿下の護衛がありますから」

「それ、オレも同じだよね？」

「カーティス」

「……分かったって」

肩を竦《すく》め、カーティスが父に向かう。

「こっち」

「……うむ。ロティ、達者でな」

「はい……え？」

――達者で？

まるでお別れのような言葉を言われ戸惑うも、父はカーティスと共に行ってしまった。

「……」

なんだろう。どんどん不安になってくるのだけれど。

「さ、シャーロット様。殿下がお待ちですよ」

「は、はい」

気分的には帰ってしまいたいところだったが、そういうわけにもいかない。私は、婚約者に会いに来たのだから。

アーノルドが扉越しに、声をかける。

「殿下。シャーロット様をお連れしました」

「入ってくれ」

少し低めの声が聞こえた。

アーノルドが扉を開ける。躊躇《ちゅうちょ》していると中に入るよう促された。

仕方なく歩を進める。

「あ……」

部屋の中央に立っていた人物に視線がいく。

そこには私の婚約相手であるルイスフィード様がいた。

「よく来てくれた、シャーロット嬢。私が、ルイスフィード・ノアノルンだ」

笑顔で挨拶をしてくれた王子は、当たり前だが記憶にあるままの姿だった。

綺麗《きれい》な艶のある黒髪に濃い紫色の瞳。

目は少し垂れており、柔らかい雰囲気が滲《にじ》み出ている。

顔のひとつひとつのパーツが繊細で、とても綺麗な人だと思った。とはいえ、女性のようだとは思わない。細身ではあるが体つきはしっかりしているし、なんというか表情がとても男性的なのだ。好戦的とでも言い換えればいいだろうか。なよなよしさは全く感じない。

立ち姿が綺麗で、黒を基調とした上品なデザインのジュストコールがこの上もなく似合っていた。

――本物だわ。

思わず自分の頬を抓《つね》りたくなった。

王城まで来ておいて馬鹿みたいだが、王子が己の婚約者だと今までどこか信じきれていなかったのだ。それが記憶通りの姿を見せられ、ひどく動揺してしまった。

――え？　私、本当に王太子様と結婚するの？

冗談抜きで眩暈《めまい》がする。

無理だ。絶対に無理。

雲の上の人物。自分には関係のない方だと思っていただけに、彼が夫になるということを受け入れられない。

今すぐ逃げ出したい気持ちに駆られた……が、ギリギリのところで踏みとどまった。逃げるなんて選択肢が自分に与えられていないことはよく分かっているのだ。

後ろで扉が閉まる音がする。ここまで案内してきたアーノルドが閉めたのだろう。だが、その音を聞き、ある意味腹を括《くく》れたような気がした。

——ああもう、なるようになれ！

心の中で己の両頬を叩く。

ギュッと一度目を瞑り、気合いを入れる。

そうしてできるだけ優雅な仕草を心がけ、挨拶を返した。

「は、初めまして、殿下。私、シャーロット・グウェインウッドと申します。グウェインウッド公爵家の娘です。殿下のお姿は遠目からではございますが今までに何度か拝見させていただいております。本日はお会いできて光栄ですわ」

「堅苦しい挨拶は結構。まずはこちらに来て欲しい。この婚約を進める前に、君には聞いておいてもらわなければならない話があるからな」

「……話、ですか？」

「ああ」

どうにも思っていた顔合わせとは違う感じである。

怪訝に思いながらも、窓際に用意された席に腰かけた。

この部屋は誰かの私室というよりは応接室のようで、客をもてなす居心地の良い空間を作り上げてある。窓は開け放たれ、レースのカーテンが揺れていた。時折、風が入り込んできて気持ち良い。

窓の外に蝶の姿が見えた。白い蝶は可愛らしく、緊張する心を癒やしてくれる。

「シャーロット嬢」

「は、はい……」

声をかけられ、慌てて王子に向き直る。

失礼にならない程度に彼を見ると、彼はじっと私を観察していた。

「あ、あの？」

「すまない。だが、確かめておきたくて。……シャーロット嬢、ひとつ尋ねるが、君に好き嫌いはあるか？」

「え？」

何を聞かれたのか一瞬分からなかった。

キョトンとする私に、王子はもう一度言う。

「だから好き嫌いはあるかと聞いたんだ。食べ物の好き嫌い。君はないと聞いているが本当か？」

「え、は、はい。ありません、けど」

混乱しつつも答えた。王子は疑わしげな顔をしながらも、矢継ぎ早に聞いてくる。

「本当か？　野菜は？　たとえばだが、トカゲのようなゲテモノ系はどうだ？」

「野菜はなんでも好きです。ゲテモノは……残念ですが、今まで食べたことがないので分かりません。が、挑戦してみたい気持ちはあります。食べられるものであれば食べると思いますけど」

どうして食べ物についてなんて聞いてくるのだろう。しかも妙に具体的だし。

こういう時は、互いの趣味や当たり障りのない天気について語るのが定石なのではなかったのか。

まさかいきなり食の好みについて根掘り葉掘り聞かれるとは思わず、困惑してしまった。

「量は？　どのくらい食べる。やはり女性だからあまり食べないか？」

「い、いいえ。わりと食べる方だとは思いますけど……」

「本当か！」

弾んだ声で見つめられ、私はなんだこれと思いながらも首を縦に振った。

「はい」

何がそんなに嬉《うれ》しいのか。

完全に置いてきぼり状態の私を放置し、王子は満足そうに何度も頷くと近くに控えていたアーノルドに言った。

「私の要望通りだ。父上に感謝しなくては」

「よかったですね、殿下」

「ああ！」

「？」

だからなんの話だ。

疑問しかない私に王子が笑顔を向けてくる。ものすごく眩《まぶ》しい、輝かしい笑顔だった。

「殿下？」

「いや、すまない。嬉しかったものだから。あー、それでだな。これが重要なのだが、最後にもうひとつ、確認したいことがある」

「はあ」

ようやくこの訳の分からない質問タイムが終わるようだと知り、ホッとした。

王子を見る。彼はテーブルに両肘をつき、顎の下で手を組んで言った。

「この婚約話を進めるにあたって、最重要事項と言ってもいい。シャーロット嬢」

「はい」

ゴクリと唾を呑《の》む。

一体、何を言われるのだろう。

事と次第によっては、婚約はなかったことになるのかもしれない。

それは父の手前、できれば避けたいところなのだけれど……。

「……」

ドキドキしつつ、王子を見る。王子は嫌になるほど真剣な顔をして私に言った。

「私に、君の世話をさせて欲しい。——それが、私が君に求める婚約の条件だ」

「は……いって、は？　世話？　世話!?」

王子がなんと言ったのか、本気で一瞬理解できなかった。

じっくりと考え、十秒。ようやく彼の言葉が浸透してきた。

――世話？　王子が私を世話する？　え、王子は今、そう言ったの？

私の聞き間違いではないのか。

世継ぎの王子が、女性の世話をする？　普通にあり得ない。

百歩譲って、私が王子の世話をする、ならまだ分かるけど。

貴人の世話というのは通常召使いの仕事で、高位貴族の娘がするものではないが、その相手が夫だというのならまだ納得できるからだ。

――ええ、聞き間違いよね。きっと私が王子の世話をするって話だったんだわ。

彼は妻となる人に、己の世話をしてもらいたいタイプの人間なのだろう。

私はどちらかというとぐうたらで、食以外に興味を見出さない駄目人間だが、夫となる人、それも王太子が世話をして欲しいと言うのなら、努力はしてみよう。

……まあ、無理だとは思うけど。夫の言うことは基本的には絶対というのが、当然なので。

仕方ないと腹を括る。一応、確認してみることにした。

聞き間違いだとは思うが、相手に意図を確認することは大事だからだ。

「ええと、確認させていただきたいんですけど、私が、殿下のお世話をする、ということでいいのですよね？」

「は？　何を言っている。その耳は飾りか？　私が、君の世話をしたいんだ」

「はあ……え？」

「私が、君を世話する、だ。断じて、その逆などではない」

はっきりと訂正され、私はダラダラと冷や汗を流した。

――嘘《うそ》でしょ。聞き間違いじゃなかったの？

信じられなくて思いきり叫ぶ。

「無理無理！　無理ですっ！　何を言ってるんですか‼」

世継ぎの王子に世話をしてもらう？

それは一体、なんの拷問なのか。

恐れ多すぎて倒れてしまいそうだ。

真っ青な顔でガタガタと震える私を見て、王子の側に控えていたアーノルドがしみじみと頷く。

「やっぱり。ええ、ええ。あなたの感性は正しいです。……ほら、殿下。だから言ったでしょう。無理ですよって」

ねえ、とアーノルドが王子を見る。王子がカッと目を見開き、テーブルを思いきり叩いた。

「なら、私は誰を世話すればいいんだ！　私の夢が、恋人の世話をすることだというのはお前も知っているだろう！」

「ええ、存じ上げておりますよ。ですが、ご身分を考えれば無理なことくらい、聡明《そうめい》な殿下ならお分かりになりますよね」

促すような口調に、王子はグッと言葉を詰まらせた。

「だ……だから、それならせめて妻となる人にと思ったんだ。父上も相手が婚約者ならと譲歩して下さったことだし。それはお前も知っているだろう」

「その婚約相手に傾いてもらえれば、という条件もあったことをお忘れですか？」

「……」

王子がじっと私を見つめてくる。目力が強い。その視線に怯んでいると、王子が言った。

「シャーロット嬢」

「は、はい」

「実は、私の趣味は料理なんだ。掃除や洗濯もなかなかのものだと自負している」

「は……はあ」

いきなりなんの話だ。

理解できないながらも曖昧に頷く。王子は至極真面目な顔をして言った。

「私は昔から人の世話をするのがどうにも好きでね。だが、今まで誰もそれを受け入れてくれなくて。試しに何度か使用人の世話をしてみたこともあるが……何故か皆、次の日には辞めてしまうんだ」

「……でしょうね」

思わずそう言ってしまった。

だけど仕方ないではないか。

王子に世話されるとか、普通に震え上がる話なのだから。

きっとその辞めた使用人たちも耐えられなかったのだ。天上人である王子に世話をされる己に。

仕えるべき主人に世話を焼かれる。使用人として失格というか、色々な意味で立ち直れないと思う。

だが王子はそんな当たり前のことが分かっていないようで、ムスッとした顔をしている。

「私が世継ぎの王子だから、恐れ多いと皆は言う。父上にも窘《たしな》められたよ。自分の立場を考えろ。お前は侍従ではないのだからと」

――全くその通りですね。

声には出さなかったが、全面的に国王に同意してしまった。

きっと、国王も苦労しているのだろう。

己の跡を継ぐ息子が、使用人のように、誰かの世話をしたいなどと言い出したのだ。

胃痛で済まないストレスを感じているのは間違いない。

だって私も今、すごく胃が痛いから。分かる。

だが、王子はそんな私たちの気持ちも知らず、溜息を吐いている。

「我慢していたんだ」

「……は、はい」

何をとは恐ろしくて聞けなかった。

というか、かかわりたくない。もう、父に怒られても構わないから、今すぐ全てをなかったことにして、屋敷に駆け戻りたかった。

しかし私に逃げ道はない。無意識に出口である扉を確認していたのだが、まるで私の気持ちを察知したかのようにアーノルドがその前に立ちはだかったからだ。

逃げることは許さないとでも言うかのようなその態度に、私はがっくりと項垂《うなだ》れた。

――つらい。

そのアーノルドの顔が『殿下の話を聞け』と言っていることに気づき、私は更に心の中で涙を流した。

全てを諦めた気持ちで、引き続き王子の話を拝聴することにする。幸いにも彼は私たちの無言の攻防に気づかなかったようだ。

「皆に迷惑をかけるわけにはいかない。父上の言うことも理解できる。だからずっと我慢していた」

「……は、はい」

「だけどある時気がついたんだ。……自分の妻となる女性を世話するくらいなら構わないんじゃないか、と」

「はい？」

なんでそんな余計なことに気づいてしまったのか。

私が絶望した顔をしていることに気づいたアーノルドが、声を出さずに笑う。

非常に腹立たしい。

間違いない。これは絶対に面白がっている。

先ほど私の逃げ道を鮮やかに塞いでくれたこともそうだが、どうやらこの双子の騎士の兄の方は、ずいぶんといい性格をしているようだ。

「元々世話好きというのもあるが、私は特に恋人に対する思い入れが人一倍強くてね。恋人ができたら、自分の作った料理を食べてもらいたい。色々世話を焼いて可愛《かわい》がりたいという気持ちがあった」

「……はあ」

「だから、この世話をしたい気持ちを全面的に自分の結婚相手にぶつけようと決めたんだ！」

「……」

——なんで決めちゃったかなあ……。

遠い目をする私が面白かったのか、更にアーノルドが笑う。

我慢しているようだが、少し声が漏れていて、かなり苛《いら》つく。

王子の前でなかったら、頬のひとつくらい引っ張ってやりたいくらいだ。

「幸い父上も許してくれた。外で王子としてきちんと振る舞うのであれば、妻に対する時くらいは構わないと。夫が妻に尽くすのは当然だし、ギリギリ目を瞑れる範囲内だと。私が限界だということを父上も分かってくれたのだ」

「よ、よかったですね」

全然よくないと思いながらも、話の流れ上、一応同意しておく。その世話を焼かれる妻が自分だということはあまり考えたくなかった。

王子は笑顔で頷き、私に言った。

「そういうわけで、私は妻となる女性を思いきり世話しようと決めていたのだ。これで、私の事情は理解してくれたと思う」

「よく、分かりました」

こんなに分かりたくなかった事情はないと思いながらも返事をすると、王子は「それで」と私に言った。

「私に君の世話をさせてくれるのかな？」

「……」

さすがに即答はできかねた。

気持ち的には勘弁してくれと言いたい。私には無理ですと投げ出したい。だけど、現実的に考えて、私に断るという選択肢はないのだ。

だって彼が婚約者だと父に、何よりも国王に決められてしまったから。

——どうしてこんなことになったのかしら。

嘆いていても現状は何も変わらない。それなれば、少しでも自分に有利なように話を進めなければ。この婚約は私の自由になるものではないのだから。

私は慎重に、王子に話を切り出した。

「お伺いしたいのですが、具体的に世話というのはどのようなものを指すのですか？」

「徐々に増やしていく予定ではあるが、基本的には食事の用意だと思ってくれていい。三食おやつ付きで考えている。私の料理の腕はかなりのものだぞ」

「ええ、殿下の料理の腕前は本当に素晴らしいです。それは僕も保証します。うちの屋敷の料理人たちより上かもしれませんね」

「えっ……」

アーノルドから付け足された聞き捨てならない情報に、私は思わず座っていた椅子から腰を浮かせた。

――侯爵家で雇っている料理人たちより料理の腕前が上？　王子が？　本当に？

明らかに食いついた私を見て、アーノルドが面白そうな顔で更に言う。

「ええ。しかも殿下の料理は、今まで誰も見たことのないようなものが多く、その味は繊細で上品。一度食べたら二度と忘れられない素晴らしい、非常に独創的なものです」

「その料理を作ってやろうかと言っているのに断るお前は何様なんだ」

「失礼を。殿下にお仕えする身で、殿下のお作りになられた料理をそう何度も口にするなど許されるはずがありませんから。ですが嘘は申し上げておりませんよ。殿下は料理上手です」

最後の言葉を私に聞かせるようにアーノルドが言う。

この時点で私の心は大いに揺れていた。

――えっ、美味しいご飯を三食おやつ付きで作ってくれるの？　本当に？

しかも、見たことのない料理らしい。

それも美味しいときた。

上位貴族であるアーノルドが太鼓判を押すのなら、間違いないだろう。

食べることが大好きな私にはちょっとこれは見過ごせない話である。

「わ、私……」

先ほどまでとは違う意味でドキドキしてきた。

――どうしよう、ときめく。

期待で心臓がドクドクと音を立てる。

最早《もはや》気持ちは、未知の料理にすっかり傾いていた。

王子の作る料理とは一体どんなものなのだろう。考えただけで、唾液が口内に溜《た》まってくる。

――うう、食べたい。食べたいわ！

『食』を持ち出された時点で、私の負けは決まっていた。

王子がもう一度問いかけてくる。

「それで、君の返事が聞きたいのだが」

「はい。是非、お受けいたします！」

「えっ……」

我ながらとっても良い声で返事をしたと思う。

弾んだ声で「はい」を言った私に、耐えきれなかったのかアーノルドが噴き出す。

王子は目を丸くしていた。

「ええと、いいのか？　本当に？」

「はい」

「……その、無理はしなくても構わないぞ。自分でも突拍子もないことを言っていると分かっているのだ。受け入れられないのなら、最初に言ってもらえた方がお互いのため。私はこの条件を譲るつもりはないし」

「いえ、本当に、大丈夫ですっ！」

私の頭の中は、完全に美味しい料理を逃すなという気持ちでいっぱいになっていた。

世話をされるというのはやはり恐れ多いと思ってしまう。だが、その世話の中に料理があるというのなら、受けないという選択肢はない。

私は食のためならなんでもする。

「私、殿下にお世話されますっ！」

王子の隣でアーノルドが「も、もう駄目です。面白すぎて死ぬ……」とお腹《なか》を抱えながらとても失礼なことを言っていたが無視した。今、私が話しているのはムカつくアーノルドではない。王子だ。

「そ、そうか……」

当の本人はといえば、驚いたように目を瞬かせていた。だが、私が本気で言っているのは分かってくれたのだろう。やがて嬉しげに口元を綻ばせた。

「ありがとう。そう言ってくれて嬉しい」

「っ！　い、いいえ」

グサッと何かが心臓に刺さった気がした。

——うっ。何これ反則。

格好良い人が笑うと、心臓に猛ダメージを受ける。

私は、婚約者との顔合わせ一日目にしてそれを学んだ。

◇◇◇

王子の提案を受け入れることにし、ある意味覚悟も決まった気分になった私は、ずいぶんと気持ちが軽くなっていた。

最初は王子に世話をされるなんて……と思っていたが、未知の料理という言葉に全てを持っていかれてしまった私に、最早怖いものなどない。

美味しい食事を食べられるというのなら、私は全てを受け入れよう。

申し訳ないが、私はそういう人間なのだ。

自分の興味の九割が食事に向いているのだから仕方ないではないか。

「それで、だ。そちらから何か質問はあるか？」

ウキウキとしていると、王子が私に聞いてきた。ちなみにアーノルドはまだひとりで笑っている。

いい加減、足でも踏んでやりたいところだと思いながらも、私はこれだけは聞かねばと思ったことを口にした。

「どうして私を指名されたのかお伺いしてもよろしいですか？　その、私が選ばれたのは殿下のご希望だったと父から聞きましたので」

「ああ」

王子が頷く。

もちろん、一目惚れされたとか、そういうのではないと分かっている。

殿下はゆったりと足を組むと、その時のことを思い出すように語った。

「君を名指ししたわけではなかったな。ただ、父上に婚約者の希望を聞かれたから答えただけだ。『好き嫌いがなく、たくさん食べてくれる女性がいい』と。世話をしたいという話はしていたから父上も分かったと頷いて下さった」

「ええ……？」

「高位貴族でこの条件は少し厳しいかとも心配していたのだが、つい先日、父上が要望通りの令嬢を見つけたとおっしゃって下さって。その相手が君だったんだ」

「な、なるほど……」

理解した。これ以上ないほど理解した。

好き嫌いのない、大食いの高位貴族の令嬢。

間違いなく、私にご指名がかかる案件である。

大食いの女性は私の知り合いにもいるが、好き嫌いが全くないといえば難しい。

食べ物は大丈夫でも辛いものが駄目とか、すっぱいものが駄目とかそういうのはあるのだ。

そして、更に王子と結婚できる爵位の娘となれば……公爵令嬢では私だけだと思う。

何故私が選ばれたのか、深く納得した瞬間だった。

「よく分かりました……」

「質問は以上か？」

「はい」

徹頭徹尾、世話をしたいためだけの条件だった。

ある意味、はっきりしていていいかもしれない。私も美味しい食事ができるのなら文句はないわけだし、どちらにも損がない。

これは予想よりよほど楽しい生活ができるかもしれないとちょっとワクワクし始めていると、王子が椅子から立ち上がった。

「それでは早速ではあるが、屋敷に案内しようか」

「？　屋敷？」

なんの話だ。

首を傾げる。助けを求めるようにアーノルドを見ると、彼は笑顔でとんでもないことを告げた。

「これから殿下とシャーロット様がお暮らしになる住まいのことですね。屋敷というか、離宮になりますが」

「へ？」

——暮らす？　何それ？

目を大きく見開く。驚きのあまり言葉を発せない私に王子が当然のように言ってくる。

「だから、世話をさせて欲しいと言っただろう。そして君はその条件に頷いた。離れて暮らしていては世話ができない。だから君にはこちらに越してきてもらわなければならない。自明の理だと思うが？」

「いやいやいや……えええええ？」

思考がついていかない。

いくら婚約者とはいえ、結婚もしていない男女がひとつ屋根の下に住むとか、普通に考えてあり得ないのではないか。

なのに王子はさも当然であるかのような顔をしている。

「ん？　父上は公爵にはすでに了承を取ってあるとおっしゃっていたぞ。あとは君さえ婚約に頷けば連れていっていいと。アーノルド、そうだったな？」

「はい、確かに陛下はそうおっしゃられていましたね」

「……」

——お父様!!　それ、ものすごく大事な話!!

どうして言ってくれなかったのだ。

話をする時間などいくらでもあったはず。

父の了承を取っていると聞き、その場に頽《くずお》れそうになった。

先ほどの父の『達者でな』の意味が分かった瞬間である。

「は……ははは……」

「君の了承は先ほど取れたし、そういうことだから離宮の方に移動したいのだが」

「……ワカリマシタ」

全然分かりたくなかったが、頷くより他はなかった。

『未知の美味しい食事』に釣られて、それを『どこで』いただくか、そして『どう』世話をされるのか、考えなかった私のミスである。

しかし父も、こうなることを知っていたのなら最初に教えてくれればよかったのに。

いや、さすがに『婚約者の王子と一緒に住むことになる』とは父も言いづらかったのだろう。

その気持ちは分からなくもないが、いきなり聞かされた方の身にもなって欲しいと思う。

殿下が輝くような笑顔で私に言った。

「さあ、離宮に向かおう。公爵が君の荷物を送ってくれているはずだから、何も心配しなくていい」

「……ソウデスカ。アリガトウゴザイマス」

それ以外なんと答えられただろう。

引っ越しの準備は万端だったようである。断れる案件ではないとは最初から分かっていたから構わないが、この電光石火の早業には溜息を吐くしかない。

「ご案内いたします」

アーノルドが胸に手を当て、優雅に一礼する。

その立ち居振る舞いはさすがの一言だったが、口元がニヤニヤと笑っていたので全てが台無しだった。

おそらくずっと驚き続けている私の様子が面白くてたまらないのだろう。

先ほどからの彼の様子を見ていれば、それくらいは推測できた。

――なんか、殿下といい、側仕えの騎士といい、変な人ばっかりなんだけど。

皆、格好良いのは間違いなく格好良いのだが、どこかがズレているような気がしてならない。

とはいえ、王子の申し出を受け入れると決めたのは自分だ。

もとよりこの婚約を断るなんて選択肢もなかったことだし、こうなった限りは与えられた環境に順応していくより他はないだろう。

先ほど自分から『お世話されます』と大々的に宣言したことだし、もうなるようになれだ。

私は美味しいご飯が食べられるのなら、なんでもいいのである。

「シャーロット嬢。何をしている。行くぞ」

「は、はい」

返事をする。

そうして私はアーノルドと王子に連れられ、これから暮らすという離宮へと向かうことになった。

◇◇◇

「えっ、ここ……ですか」

「うん？　何か問題があるか？」

「いえ……」

連れてこられた離宮は、城館から少し離れた場所にあった。

敷地内にはあるが、人通りは少ない。庭園の中にその屋敷は佇《たたず》んでいた。

二階建ての小さな城館とも言えるような構えだ。オレンジ色の壁と茶色の柱、そして青緑色の屋根が印象的だった。

「三代前の国王が建てたもので、今回の件で父上から譲り受けたのだ。ハイドランジアという名前がついている」

「ハイドランジア、ですか」

紫陽花《あじさい》、という意味の言葉だ。

目を瞬かせると、王子は周囲の庭園を見回しながら言った。

「二階のサロンから紫陽花が見えるから、だそうだ」

「そうなんですね」

「まだ見頃ではないが、咲いた様子は本当に素晴らしい。君もその時は楽しむといい」

「はい」

素直に頷く。

しかしずいぶんと立派な屋敷だ。王子が住むと考えれば、それも当たり前なのかもしれないけれど。

促され、中に入る。

入ってすぐが、玄関の間。左奥がサロン、右奥が食堂となっているようだ。玄関の隣には階段がある。

「二階には三つ寝室がある。そのひとつを君の部屋にと考えているが構わないか？」

「は、はい」

二階を案内されながら頷く。二階にはもうひとつサロンがあり、寝室の隣には衣装部屋があった。すでにそこには私の荷物が運び込まれており、それを見た私は苦笑するしかなかったけれども。

予想よりもずっと広かった屋敷を見てホッとした。これなら同居といってもプライバシーは保たれそうである。

ひと通り案内され、一階のサロンに腰を落ち着ける。

サロンには暖炉があり、その上の壁には大きな鏡が打ちつけられていた。絨毯《じゅうたん》が敷かれ、低いテーブルとソファ、椅子などが設置されている。明るい色の取り合わせで、居心地の良い空間が出来上がっていた。

これからここで暮らすことになるのかと思いながら、王子に勧められるままソファに座る。

キョロキョロしていると、王子が笑いながら私に言った。

「すぐに慣れる。それよりお茶は？　喉は渇かないか？」

「え、はい。そうですね」

話の流れで頷く。特に深く考えていなかった。

使用人にお茶を申しつけるに決まっていると思い込んでいたからだ。

「分かった。紅茶の好みは？　どんな茶葉が好きなんだ？」

「え？　特別好きというのはありませんけど」

「お任せで構わないということだな。ならブレンドにするか。砂糖とミルクは？」

「要りません」

答えると、王子は頷き立ち上がった。その動きをなんとなく目で追う。

私が見ていることに気づいた王子がにっこりと笑って言った。

「食堂の隣が厨房《ちゅうぼう》なんだ。少し待っていてくれ。今、お茶の用意をしてくるから」

「えっ……？」

「私のお勧めで構わないのだろう？　紅茶を淹《い》れるのは得意なんだ。朝のうちに菓子も焼いておいたから楽しみにしていてくれ」

「え、え、え、えええ？　し、使用人は？」

思わず立ち上がり、聞いた。

お茶の用意など使用人に任せるべきものではないか。

慌てて尋ねると、王子は不思議そうな顔をした。

「使用人？　この離宮にはいないが？」

「え」

「必要ないだろう？　だって君の世話は私がするのだから」

「あ……ああああー！」

——そういえば、そういう話だったー！

早速ぶち当たった壁に頭を抱えた。

なんということだ。お世話って、こういう日常のことも含まれているのか。

使用人が全くいないと彼は言った。つまりは王子がその代わりを全部すると言っているのだ。執事や侍従の仕事を、王子が！

彼の隣に立っていたアーノルドに助けを求めるように目を向けたが、彼はにっこり笑って私に言った。

「諦めて下さい。あなたが『はい』と言った時点で、あなたに殿下を拒否する権利はありません」

「ですよね！」

恐れ多すぎて血の涙が出てきそうだ。だが、確かに頷いたのは私。

食に釣られた己を恨みながらも私は再度ソファに腰かけた。そんな私にアーノルドが追いうちをかけてくる。

「あ、そうだ。言い忘れていました。執事や侍従だけではなく女官もいませんから。その辺りも覚悟しておいて下さいね」

「は？」

「使用人はひとりもおりません。この屋敷のことは全て殿下がなさいます」

「……」

この広い屋敷に使用人が文字通りひとりもいないと聞き、絶望した。

——え、女性は？

女性に関する様々な世話を思い出し、愕然《がくぜん》としていると、王子がアーノルドに言う。

「使用人など必要ないからな。ようやく私の望みが叶うのに、奴らを置いてどうするんだ」

「陛下はひとりくらいつけろとおっしゃられておりましたけどね」

「せっかくの私の楽しみを奪うな」

ムスッとする王子に苦笑し、アーノルドが私に言う。

「ということですので、いらっしゃるのは殿下だけです。あ、僕と弟のカーティスは護衛として残りますが、基本的には手伝いなどしません。実質ふたりだと思っていただければ」

「そ、そう……ですか」

「僕と弟のことは壁とでも思って下さい」

「……」

思えるわけがない。

衝撃を受けつつも、なんとか考え直す。

女性の使用人がいないと困ることも多いが、そこはなんとかひとりで頑張ろう。できないなんて言えば、嬉々《きき》として殿下がやってくるみたいだし。ここまで来てしまったのだ。無理やりにでも王子の流儀に合わせていくしかない。

やれることは自分でやる。やれないことも……なんとか頑張る。

「わ、分かりました」

決意を固め、返事をする。王子が苦笑しながら私に言った。

「そんなに悲壮《ひそう》な声を出さなくても。こちらの条件を呑んでもらっているんだ。君に不自由な思いはさせない」

「は、はい」

不自由はしなくても、めちゃくちゃ恥ずかしい思いはするのではないだろうか。

いや、相手が婚約者だと考えれば、そう恥ずかしくもないのか？

「……」

前言撤回。……どう考えても恥ずかしいに決まっている。

「さて、というわけだから、少し待っていてくれ。お茶の用意をしてくるから」

頭痛がすると思っていると、誰が見ても分かるほどウキウキとした様子で、王子が厨房へと消えていった。足取りが軽い。まるでスキップでもしているみたいだ。

その様子を見れば、本当に楽しいのだなと理解するよりほかなかった。

「はあ……」

王子の姿が見えなくなった途端、全身から力が抜けた。

なんだか、ドッと疲れが出てきた気がする。

アーノルドがクスクスと笑った。

「いやいや、大変ですね」

「そう思うのなら助けて下さい」

「無理に決まっているじゃないですか」

あっさりと断り、アーノルドが肩を竦める。そうして私に言った。

「あの方はずっと、自分が世話をしてもいい人を求め続けてきました。それを知ってて、しかも陛下が許可をお出しになっている状態で、僕があなたを助ける理由はどこにもありませんよ。それに殿下の提案に頷かれたのはご自身でしょうに」

「……そうですね。分かっています。言ってみただけですよ」

アーノルドの言葉はその通りすぎて、言い返す気力さえ奪っていった。

うん、でもまあ、確かに仕方ない。

ぱんっと、両手で自分の頬を叩く。うだうだ言うのはここまで。

今は王子が持ってきてくれるというお茶を楽しみに待とうではないか。

アーノルドがギョッとした顔で私を見てきたが、無視する。

ちょっと気合いを入れただけ。わざわざ説明する必要はない。

「待たせたな」

弾んだ声が聞こえ、そちらに目を向けると、ちょうど王子が戻ってきたところだった。二段カートを押している。その上にはたくさんの焼き菓子が載っていた。

「！」

その瞬間、全てがどうでもよくなった。

王子とふたりで暮らすことも、王子という身分の人にお世話されるという現実も、全部が吹き飛んだ。

——なんて素敵なの！

私の視線は彼の持ってきた菓子に釘《くぎ》づけになっていた。

皿の上には、とても美味しそうなクッキーがざらりと盛ってあった。

それも一種類だけではない。

サブレにシガレットクッキー、ラングドシャ、スノーボールなど、様々なクッキーがある。

綺麗な焼き色と形は、見事に私の食欲を誘ってくれた。

「美味しそう！」

喜びで目を輝かせる私に、王子が照れくさそうに言う。

「ようやく己の腕を振るえると思ったら嬉しくてな。調子に乗ってしまった。君が食べてくれると嬉しい」

「喜んで！」

「お茶は、ブレンドにしようかと思ったんだが、気が変わった。ラコットにしたんだ。ウェリン伯爵家が所有する農園のものだ。癖があまり強くないし、後味もすっきりしているから飲みやすいだろう」

「ありがとうございます」

ラコットというのは、ノアノルン王国の東部にある地方の名前だ。

そこで採れる茶葉が有名で、その名がつけられている。

そしてウェリン伯爵家はラコット地方の北側を治める領主で、良質な茶葉が採れる農園を有していることでよく知られていた。

「良い匂い……」

王子が見惚れるような動きでカップに紅茶を注ぐ。まるで本職の執事のような優雅さだ。心が浮き立つような香りが部屋中に広がる。

「さあ、どうぞ」

「あ、ありがとうございます」

王子に給仕をしてもらうというのは心臓に悪かったが、あまりにも様になっていて、だんだん、まあこういうのもアリかという気分になってきた。

——本人同士が納得しているんだし、必要以上に気にしても仕方ないわよね。

それにこの屋敷には事情を知っている人間しかいない。それならもう堂々としていようと思った。

淹れてもらった紅茶のカップに手を伸ばす。

「あ、美味しい……」

紅茶を一口。渋みがほとんどなく、ミルクや砂糖を使わない私には非常に飲みやすい味だった。

温度もちょうどいい。

紅茶の旨《うま》みがよく引き出されている。喉に絡まらない感じは、私の好みにマッチしていた。

「はあ……」

ほっと息を吐く。後味も最高だった。

——すごい。本当に美味しい。

紅茶だけでごくごく飲める。

これは間違いなく、紅茶を淹れた王子の力だろう。紅茶はそれを淹れる人の腕でかなり味が変わる、繊細な飲み物なのだ。

うちにも美味しい紅茶を淹れられる執事はいるが、王子はそんな彼らとほぼ同等の技術を持っているように思えた。

「殿下、すごいですね……」

本気で感心すると、王子は嬉しそうな顔をした。

「だから得意だと言っただろう。さあ、茶菓子も食べてみてくれ」

「はい」

紅茶がこのレベルなのだ。これはクッキーにもかなりの期待が持てる。

ワクワクしながらサブレに手を伸ばす。

まずは一口。

「〰〰ん！　美味しい‼」

サブレのバターの風味とサクサク感が絶妙だった。

なんだこれ。

美味しすぎて、何枚でも食べ続けられる気がする。

自然と次の一枚に手が伸びる。

シガレットクッキーを食べてみた。これも最高。

ラングドシャ。食感が超絶好みだったし、ほのかな甘みがものすごく癖になる。

「こ、これも美味しい……ふああああ！　幸せ！　スノーボールも美味しい！　何これ！」

はしゃぐ私を、王子が優しい目で見てくる。

「気に入ってもらえたようで何よりだ」

「はい、最高です！」

ぶんぶんと首を縦に振る。

冗談抜きで涙が出てきた。

食べる手が止まらない。もうこれでやめておこうと思っても、気づけばもう一枚取っているという有様だった。

「美味しい、美味しい……」

語彙力なんてどこにもなかった。

扉の近くに控えていたアーノルドがまた声を殺しながら笑っている。

腹が立ったが、今はそれどころではない。

美味しいお菓子を心ゆくまで堪能する。それが何より優先されることだ。

パクパクと食べ、紅茶を飲む。もう一杯欲しいなと思ったところで、タイミングよくおかわりが注がれた。

「あ、ありがとうございます」

「いや、思っていた以上の食べっぷりで、見ているこちらも気分が良い。だが、そんなに食べて夕食は大丈夫か？　腕を振るおうと楽しみにしているのだが」

「ぜんっぜん！　大丈夫です！」

グッと親指を立てる。

おやつと食事は別腹だ。

夕食と聞いただけで、お腹が減ってきたような気がする。

「フルコースでもどんとこいですよ！」

「そうか！　それは楽しみだな！　こちらも作りがいがあるというもの」

「私も殿下がどのような料理をなさるのか、とても楽しみです！」

クッキーがこのレベルなのだ。これは料理も期待できる。

ワクワクしながら次の一枚に手を伸ばしたが、皿の上はいつの間にか空っぽになっていた。

「……あ、あれ……もうない」

気分的にはほんの数枚、試食した、くらいのものだ。

口の中がもっとクッキーを寄越せと言っている。その意見には私も同意したいところだ。

楽しみがあっという間になくなってしまったと思いながらも、私は王子にお礼を言った。

「ごちそうさまでした。すごく、すごく美味しかったです。素晴らしい時間を堪能させていただきありがとうございました」

心から言う。王子は満足そうな顔をしていた。

「いや、こちらこそだ。まさか完食してもらえるとは思わなかった。再度聞くが、夕食は余裕だな？」

「もちろんです。むしろ余計にお腹が減った心地です」

キリッとした顔で王子に告げる。

私たちのやり取りを聞いていたアーノルドが愕然《がくぜん》とした顔で言った。

「は？　あの量を全部食べきったのに、まだ食べるんですか？」

「？　何かおかしいですか？」

出されたものを全部食べるのは当たり前のことだ。

首を傾げると、王子はニコニコと上機嫌で言った。

「何もおかしくない。いや、君はまさしく私が望んでいた通りの女性だ。アーノルド、どうやら私は最高の当たりくじを引いたらしい」

「そ、それは……よかったですね」

頬をひくつかせるアーノルドに対し、王子は満面の笑みだ。

「ああ！　さて、そうと分かれば、早速夕食の支度を始めなければ！　私は厨房へ行くから、アーノルド、お前はシャーロット嬢を頼む」

手際よくテーブルの上を片づけ、王子は気合いの入った表情を見せた。

「ではシャーロット嬢。また夕食時に。夕食は期待してくれて結構だ。君が今まで食べたことのない料理を用意すると約束しよう」

「はいっ！　楽しみにしています！」

大きく頷いた。

もう今から夕食が楽しみでたまらない。

食べたことのない料理。それはどんなものだろう。

外国の料理だろうか。それともゲテモノ系？　だろうか。

王子の腕前は先ほどのクッキーだけで十分すぎるほど理解したから、どんなものでもどんとこいだ。

想像だけでお腹が空《す》いてくる。

「楽しみだわ……」

最初に感じた萎縮するような気持ちはクッキーを食べたことで完全に飛んでいった。

王子がご飯を作る？

それの何が悪いのか。素晴らしい料理を食べられるのならそんな些細《ささい》なことどうでもいいではないか。

鼻歌を歌い出したいくらいに上機嫌な気分で椅子から立ち上がる。

「そうだ。今のうちに、部屋の整理をしておきましょう」

夕食に思いを馳せているのも楽しいが、時間が少しでもあるのなら、自分の荷物を確認しておこうと思ったのだ。

私の動きに気づき、アーノルドが声をかけてくる。

「お部屋にお戻りですか？」

「はい」

「分かりました」

当たり前のようにアーノルドが私の後をついてくる。だが、そうなると王子が一階でひとりになってしまう。それはよくないことではないかと思った。

「私はひとりで大丈夫です。部屋の整理をするだけですし。アーノルド様は殿下の側仕えなのでしょう？　どうか殿下のお側にいらっしゃって下さい」

その方が、私もゆっくりできる。そう思ったのだが、アーノルドには拒絶されてしまった。

「その殿下にあなたを頼むと命じられましたからね。それにほら、弟もこちらに合流しましたし問題ありませんよ」

「弟、ですか？」

「ええ、ほら」

「アーノルド～。いる？」

アーノルドが入り口の方に目を向けるのとほぼ同時に、屋敷の扉が開く音がした。のんびりとした声が聞こえる。

足音がこちらに近づいてくる。ひょいとサロンに顔を出したのは、父を案内していったアーノルドの双子の弟だというカーティスだった。

「あっ、いた」

「お疲れ様です。カーティス、公爵様はお帰りになられたのですか？」

アーノルドの問いかけに、彼は「うん」と頷いた。

「無事、帰ったよ。あ、あんたが帰らないことは、当然公爵は知ってる。よろしくって頼まれたから、適当に返事しといた」

「あ、ありがとうございます」

当然という言葉が心にグサリと刺さった。本当にどうして一言も告げてくれなかったのだ、父よ。どうせ私に断る権利などないのだ。せめて情報くらい共有して欲しかったと思うのは我が儘《まま》だろうか。

アーノルドがカーティスに言う。

「カーティス。殿下が厨房にいらっしゃいますから、あなたはそちらへ。僕はシャーロット様と二階に行きます」

「厨房？　殿下、厨房に行ったの？」

「ええ、夕食の準備だそうで」

「あ、そういうことね。了解。じゃ、オレ殿下のところに行ってくるね〜。で、厨房ってどっちにあんの？」

「ちょうど反対側ですよ。食堂の隣になります」

「へーい」

場所を確認し、カーティスはすぐに厨房に向かった。それを見送り、アーノルドが言う。

「ほら、問題ないでしょう？　そういうことですので、僕はあなたに同行しますね」

「わ、分かりました」

「護衛には、僕かカーティスのどちらかがつくことになっておりますので、シャーロット様もそのおつもりで」

「はい」

頷き、一階から二階に上がる。私に与えられたのは、城館の西側にある部屋だった。王子の寝室は東側。

同じ二階とはいえ、離れた場所に寝室があるというのはありがたかった。

今更気にするのもどうかと思うけれども。

「では、僕はここで待機していますね。何かあればお呼び下さい」

「分かりました」

部屋に入ろうとすると、アーノルドがそう言った。

いくら護衛といえども、許しもなく女性の部屋の中に入らないのは当たり前だ。

アーノルドをその場に残し、ひとりで部屋の中に入る。

先ほどちらりと確認はしたが、じっくり見るのはこれが初めてだ。

部屋の中にはベッドとチェスト、テーブルにソファなど、ひと通りのものが揃《そろ》っていた。

壁紙は可愛らしく、窓から見える眺めも悪くない。

明らかに女性用の部屋だ。王子が世話をする女性のためにと用意していたのだろう。

家具はどれも高級品と一目で分かる出来映えで、おそらく王宮から運び込んできたのだと思う。

女性が好みそうなデザインが選ばれており、特にテーブルの繊細な形は私好みだった。

扉がひとつついている。覗《のぞ》いてみると隣の衣装部屋に繋《つな》がっていて、中には先ほど確認した私の荷物が置かれているのが分かった。

「……片づけ、しよう」

腰に両手を当て、息を吐く。

使用人もいないという話だし、どこに何があるのかくらい確認しておかないとあとで自分が困る。

片づけなんてしたこともないが、まあ、なんとかなるだろう。

少し考え、よく使いそうなドレスや基礎化粧品を目立つところに並べる。

ありがたいことに荷物は厳選されていたので、片づけはしやすかった。

「……これでよし、と」

ひと通り整理を終え、息を吐く。

なんとかなったと安堵《あんど》すると同時にお腹が減ってきた。

――ぐう。

「う」

お腹が鳴った。

公爵令嬢としては情けなすぎるが、誰も聞いていないからセーフだ。

……セーフだと思いたい。

「うう……お腹減ったわ」

お腹を押さえ、衣装部屋から出た。

先ほど王子の手作りクッキーを大皿にたっぷり食べたのは分かっているが、すっかり私のお腹は空腹を訴えている。

時間を確認すると、二時間ほどが過ぎていて、気づけば外は暗くなっていた。

荷物の整理にずいぶんと時間を取られていたようだ。

「シャーロット様。よろしいですか？」

「えっ、ええ！」

部屋の真ん中でひとり黄昏《たそが》れていると、扉の外からアーノルドの声が聞こえてきた。慌てて返事をする。

「殿下がお食事の準備ができたとおっしゃっています。食堂にお連れするように言われたのですが、大丈夫ですか」

「は、はい！　大丈夫ですっ！」

なんという絶妙なタイミングか。

待っていたかのように食事の支度が調ったことを告げられ、私は天の助けとばかりにその言葉に飛びついた。

急いで扉を開け、部屋の外に出る。

アーノルドと目が合った。

「えと……その」

「……そんなに急いで出てこられなくてもよかったのに。……もしかして、相当お腹が空いていらっしゃいますか？」

「う……そうです」

痛いところを突かれ、一瞬否定しようとしたが、そもそも私が王子の『美味しい食事』に引っかかった身であることは知られている。ここで否定することに意味はないと気づいた私は大人しく頷いた。

「ええと、とても楽しみにしていましたので……」

「……」

まじまじと私を見つめたアーノルドは、ぷっと噴き出し、ひどく楽しそうに言った。

「そうですか。それは殿下もさぞお喜びになられることでしょう。ええ、ええ、さすが陛下です。あの方は殿下がどのような方を望まれているのか完璧に理解していらっしゃる。あなたはまさに殿下が求めていた女性、そのものですよ」

「は、はあ……」

褒められているのか貶《けな》されているのかよく分からない言い方だ。

微妙な顔をしていると、アーノルドは笑うのをやめ、「申し訳ありません」と頭を下げた。

「馬鹿にしているわけではありませんよ。いえ、公爵令嬢にまさかあなたのような方がいるとは思わなかっただけで」

「それ、思いきり馬鹿にしていませんか？」

「いいえ。殿下の理想の女性に対し、そんな失礼なことは思いません」

「……」

じとっとアーノルドを見つめる。彼は笑顔で私の視線を躱《かわ》すと、先に立って歩き始めた。

その後に続く。アーノルドが思い出したように言った。

「言い忘れていましたが、僕とカーティスもこの屋敷に住むことになります。部屋は殿下の向かい側になりますので、覚えておいて下さい。まあ、寝る時くらいしか使わないと思いますが」

「分かりました」

「夜は僕とカーティスが、交互に見回りをしますので。あと、館の外にはさすがに別に警備の兵がつきます」

その言葉に頷く。

使用人はいなくても、警備の兵はきっちり配備するらしい。

世継ぎの王子が住まう館なのだから、それは当然の配慮だ。むしろ警備がいると聞いてホッとした。

ふと、気になり聞いてみた。

「あの、殿下にも侍従などはおられないのですか？　それともあなた方が代わりにお世話を？」

私に女官がつかない話は聞いたし、仕方ないと納得したからいい。だけど王子がそれでは困るのではないかと思ったのだ。

私の疑問にアーノルドはあっさりと答えた。

「ああ、殿下なら全てご自身でご自分のことはなさいますよ。ご心配なく」

「そ、そうですか」

「人の世話をしたいと言うくらいですからね。ご自身のことなど、言うまでもなく完璧です」

そりゃあそうだ。

アーノルドの言葉に深く納得した。

「元々、あまり世話をされたがらない方なので、使用人のいないこの館に移ったことは、殿下には喜ばしい話なのでしょう」

「そ、そうですか」

階段を下り、食堂へ向かう。一階、北側にある食堂は想像していたよりも広かった。

天井が高いので、明るく感じる。壁には肖像画が飾ってあったが、残念ながら私にはそれが誰なのか分からなかった。

食堂にはカーティスがいて、私たちを見ると手を振ってくれた。

「やっほー。いらっしゃい。あ、お嬢様はその席に座って」

「は、はい」

示された席に座る。

ロングテーブルの端と端。反対側は王子の席なのだろう。その王子がいないのに席に座っているというのが変な感じだった。

「来たか」

王子が厨房から出てくる。その手には銀のプレートがあり、サラダとスープが載っている。

「形式やマナーといったものはこの離宮ではある程度目を瞑ってくれると嬉しい。何せ、私ひとりなのでな。できることには限りがある」

「も、もちろんです」

食事ひとつとっても、本来ならたくさんの使用人が必要なのだ。それがいないのに同じことを求めるのは間違いだと分かっている。

頷くと、王子が手際よくスープとサラダを並べてくれた。

「サラダはあっさりと野菜メインのものにした。ドレッシングは手作りだ。スープは、今日はジャガイモがあったから、こして冷製スープに仕上げた」

「わ……」

冗談抜きで、料理人が作ったのかと思った。

サラダの美しい盛りつけに息を呑む。

少なくとも見た目は完璧だ。

「メインディッシュは今から持ってくる。気に入ってくれるといいのだが」

厨房に向かう王子を見送る。

並べられたサラダとスープには手をつけず、私は黙って王子が戻ってくるのを待った。

この離宮でのマナーがどういうものなのか、まだ分からない。

だから、王子に従おうと思ったのだ。そうすれば間違いないだろう。彼はこの離宮の主人なのだから。

しばらくして王子がメインディッシュの皿を持って現れたが——その皿の上に載っている料理を

見て、私はポカンとしてしまった。

「え……なんですか、それ」

「ああ、やはり驚いてくれたな。これは『オムライス』というものだ」

「おむらいす……」

見たことも聞いたこともない料理名を繰り返す。

視線がその『おむらいす』というものから離せなかった。

丸くこんもりとした形。

卵で何かを包んでいるようだ。その上には牛肉や玉葱《たまねぎ》と一緒に煮込んだらしいソースがかかっている。とても食欲をそそる匂いだが、私はこんなものを今まで一度も、見たことも食べたこともなかった。

「……」

『おむらいす』から目が離せない。

目の前に置かれたそれから漂ってくる匂いに反応し、唾液が口の中に溜まってきた。

何かは分からないけど、ものすごく美味しそうだ。

それだけは確かだった。

「……美味しそう」

丸く可愛い見た目も良いが、柔らかそうな卵も魅力的だ。茶色のソースも全力で私の食欲を刺激してくる。

じっと『おむらいす』を見つめていると、私の反対側の席に王子が座った。彼の席にも私と同じ『おむらいす』が置いてある。

「さあ、それでは食べようか。――神と精霊、そして全ての生き物に感謝を」

「感謝を」

胸の前で手を組み、祈りを捧げる。

一日三度の食事の前にこの言葉を言うのは、決まりのようなものだ。

「……」

「好きに食べてくれていいぞ。順番も気にしなくていい。なに、平民たちは皆、このようにして食べているらしいから気にするな」

「はい」

マナー通りに手をつけるべきだろうかと考えていると、王子が助け船を出してくれた。

その言葉にありがたく頷く。

私も市井に出て、食べ歩きをしている女だ。

平民たちがどのように食事をしているかくらいは知っている。だが、仮にも王族である王子の前でそれはどうだろうかと躊躇していたのだ。お許しが出たので遠慮なく好きにさせてもらうことにする。

「では、この『おむらいす』とやらをいただいても？」

「ああ。あと発音は『オムライス』だ。スプーンで食べることを推奨する。チキンライスを卵でくるんだ料理だ。上にかかっているのはブラウンソースだな。牛肉と玉葱と一緒に煮込んでいる」

「『オムライス』ですね？　チキンライス、というのが何かもよく分かりませんが……いただきます」

スプーンを取り、丸い形の端っこを崩す。柔らかい。とろりと卵がとろけた。中から米が出てくる。一口サイズの鶏肉が入っていた。

普段、コース料理ばかり食べている身には非常に新鮮だった。

「……」

ドキドキしながらスプーンで掬《すく》い、口の中に入れた。

「……！」

未知の味だった。

とろけた卵が絶妙な味を出している。

ご飯にはバターの味がついていて、それがふわりと口の中に広がる。

鶏肉は柔らかく、全てが一体となって、私に襲いかかってきた。

——こんなの、初めて食べたわ。

王都で食べ歩きをしている私でも知らない。

なんとも言えない優しい味が、身体中に染みわたっていく。

「……美味しい」

口元を押さえ、思わず呟く。

ふわとろの卵がとんでもなく美味しかった。

ブラウンソースの濃さがちょうどいい。柔らかい牛肉との相性が抜群だった。

「っ！」

我慢できない。

私はすぐさまオムライスを掬い、二口目を食べた。

やっぱり信じられないくらいに美味しい。

無心で食べ続ける。

スプーンを動かす手が止まらない。

なんなんだろう、この味は。

知らない。こんな味、食べたことない。

でも止まらなくて、止めたくなくて、気づけばあっという間に完食してしまった。

「あ……」

もう一口、と思ったところで、すでに全部を食べ終わっていたことに気づく。

夢中で、なくなったことにも気づいていなかった。

「……」

――もう終わりだなんて……。

このオムライスをもう少し味わいたかった。あんなのでは全然足りない。

「ずいぶんと気に入ってくれたようだな」

「っ！　す、すみません。私、夢中になっていて……」

声をかけられるまで、王子の存在を完全に忘れていた。

さすがに申し訳なかったと思い謝ったが、王子は笑顔で怒っている感じではなさそうだ。それにホッとした。

「構わない。思っていた以上の食べっぷりで見ていて楽しかったからな。オムライス、美味しかったか？」

「それは……はい、もちろんです！」

コクコクと何度も頷く。

「初めて見ましたし、食べました。これはどちらの料理なのですか？」

「外国に行けばもしかしたらあるかもしれないが、少なくともノアノルンにはないな。まあ、私のオリジナルだと思ってもらえばいい」

「オリジナル！　すごい……！」

まさかのオリジナルだと聞き、感激した。

こんな美味しい料理を発明できるなんて、王子は生まれる場所を間違ったとしか思えない。これで料理人でないなんて、宝の持ち腐れである。

「……完全にオリジナルかと言われると違うのだが、まあ……記憶の再現というか。その辺りは気にしてくれるな。外に広める気はないしな」

「そうなんですか？　もったいない……こんなに美味しいのに」

本当に素晴らしい味だった。

私ひとりで食べるのが惜しいと本気で思うくらいには。

だが、王子は笑って言う。

「私の本業はあくまでも『王子』であり『王太子』だからな。さすがにそんなことをしている暇はない」

「そ、そうですよね」

「できて、結婚相手の世話をするくらいがせいぜいだな。だから今後も広める気はない。つまり私の料理は君が独り占めすることになるわけだ」

「っ！」

ずっきゅーんと胸を撃ち抜かれた気持ちになった。

なんという口説き文句だろう。

何を言われるよりもときめいた気がする。

私が？　殿下のこの素晴らしい料理を独り占め？

「で、で……殿下」

「更に言うと、私のレパートリーは五十を優に越える。今後も君の見たことのない料理を提供することができるだろう」

「ご、ごじゅう……！」

素敵すぎて、死ぬかと思った。

見なくても赤くなっていると分かるくらい頬が熱い。

これからも王子の料理を食べることができる。しかも何十種類もの未知なる料理が私を待っているのだと聞かされ、幸福すぎて眩暈がするかと思った。

「わ、私が、それを全部いただいても？」

「もちろんだ。君が私の結婚相手なのだから」

「ありがとうございます。私、殿下と結婚できるのが本当に嬉しいです。幸せです」

最早王子を拝み倒したい気分である。王子を私の結婚相手にと選んでくれた陛下にも大感謝だ。

使用人の有無などどうでもいい。これ以上、私にとって幸せな結婚があるだろうか。

キラキラと目を輝かせて王子を見つめる。

後ろに控えていたアーノルドとカーティスがこそこそと話すのが聞こえた。

「……ね？　面白いでしょう？」

「かんっぜんに食い物で釣られてるだけじゃん。あの子、殿下の顔には興味ないの？」

「僕が見る限りなさそうですね。反応がいいのは、料理の話を出した時ばかりです」

「何それ、おもしれー。徹底してるね」

「まあ、殿下にぴったりなのでは？」

「……」

言葉がトゲのようにチクチクと刺さるが、何も言い返せない。

だって確かにアーノルドたちの言う通りだったからだ。

王子の顔になど興味はない。私は何よりも食を優先する女なのだから。

微妙な顔をしていると、それに気づいた王子が笑った。

「気にするな。私は君がしっかり食べてくれる女性で嬉しい。君が婚約者でよかったと私も思っているぞ」

「そ、そうですか。それならまあ……」

王子がいいと言ってくれるのならまあ、いいか。

そんな風に思っていると、王子が立ち上がった。

私に向かって笑顔で言う。

「ところで、まだ材料は残っている。――おかわりはどうだ？」

「お願いします！」

即答した。

結局私は、こういう女なのである。

後ろで双子が爆笑していたが、最早私にはどうでもよかった。

――オムライス、万歳。

◇◇◇

オムライスという衝撃の夕食を終えた私は、デザートもしっかりと平らげた。

デザートは一体何が出てくるのかとドキドキしていたのだが、普通にプリンだった。とはいえ、これもまたすごく美味しかったのだけれど。

カラメルの苦みが絶妙で、カスタードの食感はとろりとしていた。すごく濃いプリンで、非常に満足度が高い。

未知の料理も心が浮き立って楽しいが、知っているものを美味しくいただけるのも楽しい。

「美味しかったです、殿下。最高でした……」

少し物足りないが、食べすぎはよくない。今で大体、腹八分目といったところだろうか。

食後の紅茶を飲みながら、私は幸せを噛《か》みしめ、まったりとしていた。

もちろん給仕をしてくれるのは王子だ。全く恐れ多い……というか、もう慣れた。

全てはオムライスの前に飛んでいったのだ。

「本当にいい食べっぷりだった。見ていて気持ち良かった。まさか三つも食べてくれるとは思わなかった」

「う……美味しかったので……つい」

王子がもうひとつ作ろうかと聞いてくれたのをいいことに、三つ目をお願いしてしまったのだ。

さすがに初日からこれはどうなんだと一瞬悩みはしたが、食欲には勝てなかった。

王子の料理の腕が神すぎるのが悪いのだ。

とはいえ、やりすぎてしまった感があった私は、王子に向かって頭を下げた。

「食い意地が張っていて、申し訳ありません」

「気持ち良かったと言ったぞ。それに残すようなら問題だが、君は綺麗に完食してくれたからな。

食べ方も綺麗だったし、文句などあるはずがない」

「よかった……」

「ん？　紅茶がもうないな？　おかわりを注ごうか？」

「あ、お願いします」

自然に尋ねられ、私も素直に頷いた。

新しい紅茶が淹れられる。香りを存分に堪能し、口をつけた。

「本当に美味しい……」

「君はさっきからそればっかりだな」

「だって、それ以外の言葉が出てこないんです。今日は本当に最高でした」

先ほどの食事のことを思い出しながら、口元を緩める。

王子と話しているのは楽しく、料理という共通の話題があるからか、会話がなく気まずいなんてこともなかった。

今日初めて会話した相手とはとてもではないが思えない。

もちろん、王子が気を遣ってくれているからだろうことは分かっているが、婚約した人が話しやすい人であったのは幸運だったと思う。

アーノルドとカーティスは私たちの後ろに控えていて、黙って話を聞いている。

本当の意味でのふたりきりではなかったことも功を奏しているのかもしれないと思った。

「……シャーロット嬢」

「はい」

この一杯を飲み終わったら自室に引き上げよう。そう思っていると王子に声をかけられた。

返事をすると、王子がじっとこちらを見つめている。

「殿下？　どうなさいましたか？」

「それだ」

「はい？」

王子が何を言っているのか分からなくて首を傾げる。

彼は眉を中央に寄せ、不快そうに言った。

「君はずっと私のことを『殿下』と呼んでいるな」

「？　はい。それが何か？」

何もおかしなことはしていない。何故咎《とが》められるのかと思っていると、王子は言った。

「私たちは婚約者だ。そして君が私の条件に頷いてくれた以上、結婚は確約されたものだと私は思っている」

「はあ……そうですね」

その通りだったので頷いた。

「結婚するなら私はその相手と仲良くしたいと思っているし、互いに尊敬し合える関係を築きたいと考えている。君はどうだ？」

「はい、私もそうできればいいと考えています」

人生を共に過ごす相手なのだ。互いに気持ち良く、尊敬し合いながら過ごしていければいい。

王子が同じように思ってくれていたことが嬉しくて笑顔になると、王子も満足げに微笑んだ。

「よかった。それなら、だ」

「はい」

「その私たちが『シャーロット嬢』『殿下』と呼び合うのは少々不自然ではないだろうか」

導き出された結論に、申し訳ないけれど首を傾げてしまった。

「そうですか？　そうでもないと思いますけど」

むしろ普通だ。

王子のことを『殿下』と呼ぶのは当然だし、私の名前は――。

「ああ、なるほど。私のことはどうか呼び捨てでお呼び下さい。言い出すのが遅れ、申し訳ありませんでした」

婚約者なのだ。敬称などつけてもらう必要はない。

そう思ったのだが、王子は「違う」と首を横に振った。

「そうではない。いや、それも悪くないのだが、もう少し親しさを前面に押し出していきたいと思っている」

「親しさ、ですか。といいますと具体的には？」

言っていることは分かるが、パッと言われても思いつかない。

紅茶を飲みつつ王子に尋ねると、彼は真顔で提案してきた。

「互いに愛称で呼ぶのはどうだろうか。こう、誰から見てもある程度親しいと認識される、分かりやすい方法だと思うのだが」

「なるほど、それは確かにそうですね」

親しくない人を愛称では呼ばない。当然のことだ。

「私たちは婚約者なのだ。しかも仲を深めたいと互いに思っている。そのためにまずは形から入るというのは悪くないと思わないか？」

どうだろうという顔をされ、私は少し考えてから頷いた。

特に拒否するような話でもないと思ったからだ。

相手と親しくなりたいのならそれなりの努力をしなければならない。その第一弾が『愛称呼び』というのならそれはそれで悪くない。

「分かりました。殿下がそうおっしゃるのでしたら、お付き合いいたします。私のことはロティとでもお呼び下さい。家族や親しい友人は、皆、そう呼んでおりますので」

「分かった。なら私のことはルイスでいい」

「ルイス様、ですか？」

なるほど名前で呼んで欲しいのかと思い声に出してみたのだが、首を横に振られてしまった。

「違う。ルイス、だ。妻となる人に様づけで呼ばれる趣味はない。もっと言うなら、敬語も要らない。こう、距離の近い、親しい感じで言ってくれ」

「……距離の近い親しい感じ……さすがに難しいですね。殿下に対し、友達口調というのもちょっと抵抗があります」

正直に告げると、王子は見るからにがっかりした顔をした。

アーノルドも王子に声をかける。

「殿下、この件に関しては、シャーロット様の言い分が全面的に正しいと僕も思いますよ」

「オレも〜」

「あなたが言っても説得力はありませんけどね」

「えー」

会話に参加してきたカーティスをアーノルドが睨《ね》めつける。カーティスは気にした様子もなく笑っていた。

「いくら言っても、殿下に敬語を使わないくせに」

「だって苦手なんだもん」

「嘘をおっしゃい。やる気になればできることは知っていますよ」

「じゃ、やる気になってないってことで」

どこまでも気楽なカーティスをアーノルドは睨《にら》みつけていたが、やがて諦めたのか大きな溜息を吐いた。

「弟がすみません。ですが殿下、殿下も多少は譲歩するべきかと」

「ふむ。そうだな」

王子は頷き、私に言った。

「……それなら、せめて名前だけでも呼び捨てで頼む。外では無理だというのなら、この館内だけでも構わないから」

「それくらいなら……はい、構いませんよ」

四人しかいない館の中だけと言われ、同意した。

この面々ならもういいかと思ったのだ。

まだ会って一日だということは分かっているが、気づけばあっという間に馴染《なじ》んでしまった。そのせいか、どうにも気が緩み、被《かぶ》っている猫が簡単に剝がれ落ちてしまう。

あまりよくないことだと分かっているけれども、「どうせこれからずっと一緒なのだし」と思うと、晒《さら》せるものは最初から晒しておいた方がいいのかもとも思ってしまう。

その方が今後気楽だし——。

そんな風に考えていると、王子——ルイスが嬉しそうな顔で私に言った。

「ありがとう、ロティ。嬉しい」

「こちらこそ。ご迷惑をおかけすると思いますが、末永くよろしくお願いいたします。……ルイス。……んんんっ」

——なんだこれ。

ルイスの口から紡がれる自分の名前が恥ずかしい。

照れくさい気持ちを隠すつもりで、私も彼の名前を呼んでみたが、逆効果だった。

じわじわくる。呼ばれるよりも呼ぶ方がずっと恥ずかしかった。

「えっ……あ……」

ルイスも似たようなものだった。

このタイミングで名前を呼ばれると思っていなかったのか、一瞬きょとんとしたルイスだったが、その頬を赤く染めていく。

誤魔化すようにポリポリとその頬を掻《か》いた。

「……これは、なんというか……照れるな」

「はい、照れます」

お互い真っ赤になりながら話すのが恥ずかしい。

ルイスは視線を宙に彷徨《さまよ》わせながらも真面目に言った。

「君に呼ばれた時、胸の辺りを掻きむしられるような気持ちになった」

「私は叫び出したいような気持ちになりました」

正直に告げると、ルイスは「確かに」と頷いた。

「なかなか得がたい経験だ。だが、こういう積み重ねが私たちには必要なのだと思う。恥ずかしいだろうが我慢してくれ。私も同じなのだから」

「分かりました」

これも良い夫婦となるため。

長い人生。これから共に生きる人と、仲良くありたいのは当然のことだ。

ふたりで頷き合っていると、カーティスが小声でアーノルドに言った。

「……アーノルド。なんかあのふたり、ボケボケなんだけど」

「しっ、だまらっしゃい。おふたりがあれでいいと思っているのですから、僕たちが口出しすることではありませんよ」

「いや、確かにそうなんだけどさあ。突っ込み不在のやり取りって見てると『があああ！』ってならない？」

「……黙秘します」

突っ込み不在のやり取りってなんだ。

一応こちらに聞こえないよう小声でやり取りしているようだが、ばっちり聞こえているので意味がない。

食後のお茶も飲み終わったので、ルイスに挨拶をし、自室に戻ることにする。

退出許可をもらって立ち上がると、ルイスが「そうだ」と何かを思いついたように言った。

「ロティ、ひとつ尋ねるが、入浴はするのか？」

「？　はい。その予定ですけど」

確認したのだが、寝室の奥には浴室があったのだ。

覗いてみると浴室部分は新しかったので、私を迎えるにあたり改築したのかもしれない。

浴室は小さく、おそらくひとり用なのだと思う。

洗い場と浴槽があったが、なんとか入れてふたり、というところだろうか。

世話をする人がいないのだからそれで十分なのだろうけど。

「ひとりでというのは初めてですが、何事も慣れですから頑張ろうと思います」

昨日までなら入浴には何人ものメイドがつき、私の世話をしてくれた。

それが当たり前だったけれど、今日からはひとりだ。髪を洗うのも初体験だが頑張らなくてはならない。

「ふむ……」

私の言葉を聞いたルイスが顎に指をかけ、考え込むようなポーズを取る。

そうしてとんでもないことを言い放った。

「君さえよければ、私が入浴を手伝おう。考えてみれば公爵家の令嬢にひとりで入浴しろというのはさすがに無茶な話だった。世話をすると言い出したのは私なのだから責任は取る」

「へ……」

——入浴を手伝う？　ルイスが？　私の？

あり得なさすぎる言葉を聞き、完全に思考がストップした。

私が固まったことにも気づかず、ルイスが何かを思い出すような顔をする。

「何、髪を洗うのは得意なんだ。……昔は妹によくやっていたからな」

「妹？　ルイスに妹なんていらっしゃいましたか？」

彼はひとりっこだったはずだ。

国にただひとりの王子で兄弟はいない。それなのに『妹』という言葉が出たのが不思議で思わず尋ねると、彼はしまったという顔をした。

「い、いや、なんでもない。ちょっとした言葉の綾《あや》だ。……私に妹はいない」

「……」

少し寂しそうに言われ、それ以上深く尋ねるのはやめておくことにした。

聞いてはまずいような、そんな気がしたのだ。

「そ、そうですか。えと、手伝いは結構です。その……男性に入浴の手伝いをしてもらうというのはさすがに抵抗が……」

「？　君と私は婚約者だろう？　何が問題なんだ？」

「えっと、それはそうなんですけど……」

頼むから、そんな「分からない」という顔をしないで欲しい。

確かにルイスの言う通りだが、婚約者だからといって、いきなり入浴の手伝いなんてされても困るのだ。

「殿下。さすがにやりすぎですよ」

困っている私にアーノルドから助けが寄越された。

「殿下の『世話をしたい』という気持ちは分かります。そしてそれにシャーロット様が頷かれたことも。ですが殿下とシャーロット様は知り合われたばかり。その状況でいきなり入浴の手伝いと言われても頷けるはずがないでしょう」

「それはそうだろうが、私は彼女の婚約者だし、何も不埒《ふらち》な真似をしようというわけではない。ただ髪を洗うだけなのだが、それでも駄目なのか？」

「駄目ですね」

「……」

納得できないという顔でルイスが今度は私の目を見つめてくる。その視線から必死で逃げつつ私も言った。

「私も、遠慮して欲しいかなと思います。その……ひとりでなんとかしますので」

男性、しかも婚約者の王子に入浴の手伝いなんてお願いできるわけがない。

これだけは退いて欲しいという気持ちでルイスを見ると、彼はがっかりした顔をしながらも頷いてくれた。

「……そうか、せっかくだからありとあらゆる世話を焼いてみたかったのだが。いや、そうだな。分かった」

――ありとあらゆる世話って何⁉

メイドたちが普段屋敷でしてくれている数々の世話を思い出し、羞恥で悲鳴を上げたくなった。

入浴や、着替えなど、あれは同性だから許されるのだ。

ルイスに手伝ってもらうなんてとんでもない。

「えっと、私は食事の用意をしていただけるだけで十分すぎるほどなんですけど」

「……」

心からの本音だったのだが、ルイスは納得してはくれなかった。

ものすごく不満げな顔で見てくる。

「それでは私が満足できない。食事の世話だけなんてあっという間に終わってしまうではないか。私はもっと君を甘やかしたいんだ」

「甘やかす、ですか」

「甘やかして甘やかして、最終的には私がいなければ生きていけなくなってくれればいいなと思っている」

――こわっ。

真顔で言われたことで、怖さが増した。

もしかしなくても、私はとんでもない頼みに頷いてしまったのではないだろうか。

「え、ええと……」

「？　問題はないだろう？　君は私に嫁ぐのだから」

「……そうですね？」

本当かと思いながらも頷くしかないので頷いた。

しかし、確かに世話をさせてくれとは言われたが、『自分がいないと生きていけないほど』だとは思わなかった。

それだけ彼が『世話をする人材』に飢えていたということなのだろうけど。

「とはいえ、アーノルドが言うことも分かる。入浴の手伝いは残念だが諦めるとしよう」

「そうして下さると、とてもありがたいです」

実行された日には、間違いなく気絶するだろう。

自慢ではないが、いつか嫁ぐためにと大切に育てられていた身だ。変な噂を立てられないよう男性と触れ合う機会は皆無だった。そんな私が婚約者に入浴の手伝いをしてもらう？

無理に決まっている。

心からそう思い、真剣な顔で頷くと、ルイスは少し残念そうに言った。

「そうか、分かった。だが、君が困っているようなら話は別だ。長い髪の手入れは大変だろうし、君さえよければいつでも相談してくれ。アーノルド、ロティから言ってきたことなら別に構わないんだろう？」

話を振られたアーノルドが、興味がないという顔で言った。

「ええ。シャーロット様が望まれるのでしたら、お好きにどうぞ。おふたりはご婚約者同士なわけですからね。同意があるのに僕たちが口出しするのは野暮だと思いますので」

「よしっ」

ぐっと拳を握り、ルイスが嬉しそうな顔をする。

そうして笑顔で私に言った。

「そういうことだから、いつでも私を頼ってくれ」

「……ありがとうございます。その、どうしても無理な時は相談いたしますね」

答えながら私は、絶対にそんな日は来ないと思っていた。

◇◇◇

「意外と難しかったわ」

四苦八苦しながらなんとか無事、ひとりで入浴を済ませた。

髪を洗うのは大変だったし、だいぶ時間がかかってしまったが、初めてならこれでも上出来の部類に入るだろう。

しかし、入浴だけですっかり疲れてしまった。

寝衣に着替え、その上からガウンを羽織る。

メイドたちがやっていたのを思い出しながらどうにかこうにか肌の手入れをし、タオルでくるんでいた髪を解《ほど》いて乾かそうとした——その時だった。

——こんこんこん。

ノックが聞こえた。

なんだろうと思い、返事をする。聞こえてきたのはルイスの声だった。

「夜分にすまない。構わないだろうか」

「え？　あの、少しお待ち下さいっ！」

中に入ってくる気配を感じ、私は慌てて衣装部屋に駆け込んだ。寝衣を脱ぎ、近くに吊《つ》るしてあった部屋着用のドレスを取って、急いで着替える。

「ど、どうぞ」

十分とは言えなかったが、最低限人前に出られる程度に整えた私は返事をした。

扉が開き、ルイスが入ってくる。

彼も先ほどまでとは違い、ずいぶんとラフな格好になっていた。

上着を脱いだベスト姿だったのだが、さすがと言おうか様になっている。

長い上着を脱ぐと、脚の長さがやけに目についた。

改めて、ルイスがものすごく格好良い人であることに気がつく。

一瞬見惚《みと》れ、そんなことをしている場合ではないと首を振った。

「え、ええと、それで、なんのご用件でしょうか」

ソファに座ってもらい、私も近くの椅子に腰かけてから用向きを尋ねる。

私としては風呂にも入ったことだし、髪さえ乾かせば少し早いけどもう寝てしまおうと思っていたのだ。

そんなタイミングでの突然の訪問。理由が気になるのも当たり前であった。

何か突発的な事態でも起こったのだろうか。

それにしてはルイスの様子は余裕たっぷりで、何か事件が起きたという感じではない。

要件を尋ねるとルイスはにっこりと笑い、私に言った。

「いや、そろそろ入浴が済んだ頃だろうと思ってな」

「？　はい、済ませましたが」

「問題はなかったか？　その、私の手伝いが必要だったりとかは……」

キラキラした目で聞かれ、私は即座に口を開いた。

「ありません！　全く、全然、ルイスの手助けは必要ありませんので、お気遣いなく！」

「そうか……」

即答した私にルイスが俯《うつむ》き、しょんぼりとした顔をする。どうやら私に助けが必要だと言って欲しかったらしい。

――そんなに私の世話がしたかったのか……。

なんだか申し訳ない気持ちになったが、いやさすがにお風呂はないなと思い直した。ルイスが気を取り直したように口を開く。

「まあ、それはおいおいということで」

「……」

――おいおいって……。

顔が引き攣《つ》った。どうやら諦めてはいないらしい。

とはいえこれ以上何か言うのもどうかと思った私は、話題を変えることにした。

「それで？　ご用件は？」

「ん？　ああそうだったな。髪を乾かしに来たんだ」

「んん？」

思わず首を傾げた私に、ルイスが言う。

「入浴の手伝いはアーノルドに止められてしまったからな。代わりに髪を乾かしてやろうと思ったんだ。これも手間がかかるし、メイドがいないと大変だろう？」

「ええと、それは……はい」

その通りだったので頷くと、ルイスは満足げな顔をした。

「よし。髪はまだ乾かしていないな？」

「は、はい」

「そこの鏡が正面にある椅子に座ってくれ」

「え？」

「早く」

「はいっ」

ルイスに促され、あれよあれよという間に、鏡の前に座らされてしまった。

「……あれ？」

気づいた時にはすでにルイスは上機嫌に髪の手入れを始めている。

風の魔法を使って髪を乾かし、ブラシで髪を梳《す》く様子はとても手慣れていて、任せるのに不安はなかったが……一体私は何をしてもらっているのだろうか。

——なんか、流された？

吃驚《びっくり》しているうちに、見事に向こうのペースに持っていかれた感じだ。

「ええと……ルイス？」

「さすがによく手入れされているな。普段はどんな髪油を使っている？」

「どんな……ええと、申し訳ありません。分からないです。その……あまり興味がないもので」

混乱しつつも質問に答える。

普段から手入れはメイドに任せきりなので、髪油と聞かれてもさっぱり分からない。

「そうか。では、こちらが用意したものを使っても構わないか？」

「は、はい」

――こちらが用意したって何？

どういうことかと思っていると、ルイスは「カーティス」と双子騎士の弟の方の名前を呼んだ。

すぐにカーティスが顔を出す。

「何、殿下？」

「私の部屋から、髪油を取ってこい。テーブルの上に置いてある。女性用だし、見ればすぐに分かると思う」

「髪油ね、了解」

カーティスが髪油を取りに出ていった。その間もルイスの髪を梳く手は止まらない。

絡まらないように細心の注意を払ってくれているのがよく分かった。

手つきがとても丁寧で気持ち良く、なんだか眠たくなってきてしまう。

こっくりこっくりと船を漕いでいると、ルイスが楽しげに言う。

「寝ても構わないぞ」

「い、いえ……とんでもない」

パチッと目が覚めた。鏡越しに目が合う。

王子に世話をさせて当人が眠りこけているなどさすがにどうかと思う。

「申し訳ありません。寝るつもりはなかったのに」

「疲れているのだろう。今日一日、怒濤《どとう》だったからな。当然だと思う」

「はい……」

「殿下、持ってきたよ～」

頷いていると、カーティスが髪油を持って戻ってきた。鏡越しにそれを見る。

カーティスが持っている髪油の瓶は、ぼんやりとだが見覚えがあった。金色のオイルが入っているそれは、すごく匂いがいいのだ。髪も艶々になるし、毛先につけるとダメージも防げる。

ミルクタイプとオイルタイプの二種類があり、それぞれ用途が違うとメイドが言っていた気がする。

「多分、それを使っていたと思います」

記憶を辿《たど》りながら呟く。ルイスがホッとしたような顔をした。

「そうか。やはりこれだったか。この髪油は今、高位貴族令嬢たちの間で一番人気の品らしい」

「そ、そうなんですか。ルイス、詳しいですね」

使っていた髪油の商品名さえ碌《ろく》に覚えていなかった私とは大違いだ。

純粋に驚いていると、ルイスは当然のように言った。

「なに。婚約者に不自由な生活を強いるわけだからな。こちらもそれなりに準備をしなければ失礼だろう。女性の世話をするのに必要だと思われるものはひと通り勉強したし、取り揃えた」

「そ、それはすごいですね」

「だから、好みがあるのなら教えてくれると嬉しい。私の目標は完璧に君を世話することだからな」

「えっと、特にはないですね」

ルイスの申し出はありがたいものだったが私は苦笑しつつも断った。

「私、食べること以外に、興味なんてないんですよ。だからメイドたちに全部お任せだったんです」

「ほう？　では、私の好きにしても？」

「はい。大丈夫です」

手つきも丁寧だし、技術も問題ない。お任せしてしまっても構わないだろう。

最初はルイスに髪を手入れしてもらうことに抵抗を感じていたくせに、もうすっかり馴染んでいる自分が不思議だなと思いながら頷く。

ルイスが髪油を使っての手入れを始めた。自分のよく知る匂いが広がり、身体から力が抜ける。

「気持ち良い……」

「それはよかった。しかし、良い匂いがするな」

「はい、その匂い、結構好きなんです」

「この商品はオイルタイプだが、確かミルクタイプもあったな。ミルクタイプは使っていなかったのか？」

「いいえ、確か両方使っていたと思います」

「そうか……。分かった。次回からはそうしよう」

真剣に言うルイスに私は慌てて言った。

「い、いえ！　これで十分です」

これ以上なんてとんでもない話だ。

自分が途方もない我が儘女になってしまった気がして、泣きそうになった。そんな私にルイスが言う。

「君に不自由はさせないと言っただろう。最低でも、君が屋敷でされていたことくらいはしてやらなければ、私が納得できない」

「で、でも……」

「これは私の我が儘だ。だから君が気にする必要はない」

「……はい」

きっぱり言われてしまい、引き下がるしかなかった。その間もルイスの手は止まらない。髪にどんどん艶が出てくる。

その見事な手腕に思わず言った。

「ルイス、髪の手入れするの、上手ですね。こんなに上手だと思っていなかったので、正直意外でした」

本心から褒めると、ルイスは目に見えて嬉しそうな顔をした。

「君が喜んでくれたのなら何よりだ」

髪に触れる手つきが優しい。

また眠くなってきた。

優しくも擽《くすぐ》ったい時間が流れている。こんな感覚は初めてだった。

メイドたちに世話をしてもらっている時には感じなかった、不思議な感覚。その感覚に身を任せていると、ルイスが言った。

「明日は、頭のマッサージをしよう。少し凝っているようだからな」

「頭のマッサージですか？」

初めて聞いた。

そんなものがあるのかと思っていると、ルイスが優しい顔で頷く。

「ああ。マッサージをすれば血行も良くなる。髪の健康にいいんだ」

「本当に詳しいですね」

「だから世話をするのが好きだと言っただろう？」

「はい、そうでした」

「ちなみに、頭皮マッサージはこんな感じだ」

軽く頭皮を押され、あまりの気持ち良さに驚いた。

指の腹でグッと力を入れられる感覚は初めてだが、すごく心地よい。

「すごいですね」

「力はどうだ？　強すぎないか？」

「大丈夫です。ちょうどいいです」

「明日は専用のトリートメントを使って、今のようなマッサージをしようと思っている」

「わ、ありがとうございます」

それはすごく気持ち良さそうだ。

実際、少し頭を揉《も》まれただけでも気持ち良くて、吃驚してしまったのだから。

——ああでも、これは本当に癖になってしまうかも。

わずか一日目にして、すでにルイスに陥落してしまった気分だ。

だけどそれが嫌だとか、負けたとかそんな風には思わない。

彼に世話をしてもらうのは全然嫌じゃなくて、触れられるとホッとするような気持ちになるのだ。

リラックスできるというか、なるほど、確かに世話をするのが趣味だと言うだけのことはある。

ルイスが再び髪を梳き始める。

髪は髪油の効果もありずいぶんと艶々してきた。綺麗な仕上がりが嬉しい。

「よし、これで完成だ」

「ありがとうございます」

しばらくして、ルイスがブラシを持つ手を下ろした。非常に満足げな様子だ。

振り返り、お礼を言うと、ルイスはうんうんと頷いた。

「やはり、いいいな」

「ルイス？」

「幼い頃から憧れ、待ち望んでいた婚約者の世話。ようやく叶ってこうして君を世話してみて、やはり私が求めていたのはこれだと実感した」

力強く言われ、私は苦笑しつつも頷いた。

「そ、そうですか。ルイスが楽しかったのなら何よりです。私も意外と楽しいなって思っていたところですから」

「そう思ってくれたのか？　本当に？」

「はい」

嘘はなかったので頷くと、ルイスはホッとしたような顔をした。

「よかった。頷いてはくれたものの実際に世話をされてみて、やっぱり無理ですと言われたらどうしようかと内心ヒヤヒヤしていたんだ」

「そんな風には見えませんでした」

料理を作り、髪に触れる彼は、ちょっと強引で、だけどもとても楽しそうに私には見えた。

「実際、楽しかったからな。たったの一日で、すっかり私は君を世話する快感を覚えてしまったよ。食べっぷりも好みだし、こうして髪だって触らせてくれた。入浴に関しては残念だが、それでも正直ここまでさせてくれるとは思っていなかったんだ」

「そ、それは……ルイスが！」

食事のことは置いておくにしても、髪に関しては、強引だったから流されてしまっただけだ。決して積極的に頷いたわけではない。だが、ルイスは全く気にした様子もなかった。

「なに、本当に嫌なら触れさせてはくれなかったさ。女性とはそういうものだろう？」

「……」

にこりと笑われ、頬に熱が集まった。

何か言わなければ。そう思うのに、言葉は空を切るばかりで何も言うことができない。

「うう……ううう」

「そして、そんな存在を知ってしまった私が、今更、君を手放せるわけがないだろう？　今朝までなら、婚約者は私の条件を満たす者なら誰でもよかった。世話をさせてくれるのならどんな女性でもよかったんだ。でも——今はもう無理だ。誰でもいいなんて嘘でも言えない」

言葉を句切り、ルイスが私を見つめてくる。

「ルイス？」

彼は何を言おうとしているのか。見つめ返すと彼は見惚れるような笑みを浮かべ、私に言った。

「私は君が、いい」

「〰〰〰！」

ルイスの表情がとろけるように甘く優しい。

恥ずかしすぎて死ぬかと思った。

◇◇◇

「それでは私はこれで」

「ありがとうございました」

ルイスを見送るために立ち上がる。彼は「おやすみ」と笑うと、カーティスと一緒に部屋を出ていった。

ホッと息を吐く。

彼のしてくれた髪の手入れはとても心地よかったが、初めてのことでやはりだいぶ緊張していたのだろう。ひとりきりになったことでようやく身体から力が抜けた。

「はあ……。ほんっと驚きばかりの一日だったわ」

これでまだルイスと出会って丸一日経《た》っていないとか信じられない。それくらい彼との時間は濃いものだった。

「でも、ルイスって、できないこととかあるのかしら」

ふと思った。

今のところ、ルイスは完璧なまでのお世話スキルを私に披露してくれている。

そのレベルは下手をすれば本業であるはずの使用人たちの技術力を凌駕《りょうが》しており、驚くより先に呆《あき》れてしまうくらい。

そんな彼にできないことがあるのか。なんとなく気になった……のだけど。

「まあ、いいわ。人の弱みを知ろうなんてあまりいい趣味とは思えないし、私は私らしく過ごせばいいわよね」

ルイスもそれでいいと言っているのだ。

大人しく世話をされよう。もちろん今後もお風呂の世話だけはお断りするけれども。

改めて決意しながら、衣装部屋の方へ行く。ルイスが来た時に脱ぎ散らかした寝衣に着替え直し、ベッドへ向かった。

身体は疲れている。

もう、眠ってしまいたかった。

「あ、気持ち良い」

ベッドに横になると、身体を包み込むような感触があった。

相当いいマットレスを使っているのだろう。公爵家で寝ていた時と同等、もしくはそれ以上の心地よさがある。

「ふわあ……寝よう」

欠伸《あくび》が出てくる。やってくる眠気に逆らえず、目を瞑った。

「んん……あっ！」

夢うつつになったところで、突然とんでもないことに気づき、ガバッと跳ね起きた。

慌てて周囲の様子を窺《うかが》う。足音などは聞こえない。近くには誰もいないようだ。

「……すっかり忘れてたわ」

頭を抱える。

愚かな自分に眩暈がしそうだった。

私とルイスは婚約者で、今日から一緒に暮らし始めた。

そう、一緒に暮らし始めたのだ。

つまり、つまりだ。

もしかしなくても、今日はいわゆる『初夜』にあたるのではないだろうか。

「初夜……！　そうよ、初夜だわ！」

かあっと頬が勝手に赤くなっていく。

初夜とは、いわゆる結婚したあとの最初の夜のことだ。

新婚夫婦は共寝をし、子供が授かるよう……そういう行為をするのだ。

私もいつか嫁ぐ日のためにと、家庭教師たちからどういうことが行われるのかきちんと教育を受けている。だからそんなの知らない、なんて言うつもりはないが……初夜？

――ルイスと？　本当に？

「ど、どうなのかしら。やっぱり結婚式をするまではナシ、なの？　それとも、一緒に暮らすのだから今日が初夜という考え方になる？」

真っ赤になりながらも考える。

婚約者という肩書きがすでにある私たちだ。ルイスの話では私たちが結婚するのはほぼ確定しているようだし、そうなると、そういう行為をしてもおかしくないということになる。

貴族の結婚には処女性が重視されるから、結婚前の性交渉にいい顔はされないが、相手が婚約者で結婚が確定しているのなら別に悪いこととも思われないのだ。

つまり、私とルイスが『そういうこと』をしても、特に問題視されないということになる。

「も、もしかして、もうすぐルイスが訪ねてきたりするの？」

先ほどルイスは何も言わなかったが、その可能性は十分にある。

だって、私たちは夫婦となるのだから。

今頃彼は、私の部屋を『未来の夫』として訪ねるべく、準備をしているのかもしれない。

「……」

想像しただけで、カーッと全身が熱くなった。

ルイスがここに、私を抱きに来るかもしれない。そう考えると、体温が二度ほど上昇したような気がした。

「わ、わた……私、どうしよう」

自分でも不思議なのだが、逃げるという考えはなかった。

避ける、断るという選択肢もない。

いや、もちろん彼が私の婚約者だから受け入れるしかないのだけれども、それを除いても、嫌だとか逃げたいとかそんな気持ちにならなかったのだ。

とはいえ、現在混乱の極地にある私が、そこまで気づけるはずもないのだけれど。

「っ……！　こうしてはいられないわ！」

ささっとベッドから立ち上がり、崩してしまったリネンを整え、ベッドメイキングをする。

あと、自分の格好を見直し、これではいけないと衣装部屋へ駆け込んだ。

荷物の中から一番可愛い寝衣を探し出し、着替え直す。

薄いピンク色が素敵な膝丈の寝衣だ。レースとリボンが多く、とても気に入っていた。

「ちょ、ちょっとくらいお化粧もした方がいいわよね？」

とはいえ、いつもメイドにやってもらっていたので正式な順序など分からない。

だけど見苦しくないよう、なんとかパウダーを見つけ、はたいた。

「こ、これで大丈夫かしら」

初夜、なのだ。気持ち的には、ベッドの周囲に薔薇の花びらでもまきたいところだったが、そんなことをしている時間はない。

自分ができる範囲で用意を整えた私は、ベッドの端に腰かけ、ドキドキしながらルイスの訪れを待った。

「ううう……緊張するわ」

まさか今日が『初夜』になるかもなんて、想像もしていなかっただけに身体が震えてくる。

もうすぐルイスがここに来て、私をベッドに押し倒し、あんなことやこんなことをするのだ。

「は、恥ずかしいっ」

家庭教師たちに習ったことを思い出し、ひとりでジタバタと暴れた。ルイスは優しくしてくれるだろうか。痛みを伴うものだと聞いたし、できれば優しくしてくれると嬉しいのだけれど。

「……」

ビクビクしながら、ひたすら彼の訪れを待つ。

膝の上に乗せた手が、緊張でじんわりと汗ばんできた。

気持ち的には、もう一度お風呂に入りたいくらいだ。

「い、いつ頃いらっしゃるのかしら」

できれば、時間を指定して欲しかった。

いつ来るか分からないから、ずっと緊張していなければならないのである。

「うう、うううう……」

顔を真っ赤にし、彼の訪れを待つだけの時間が過ぎていく。

時計のカチカチという音が、やたらと気になってしまう。

そうして、夜中の一時を越えた頃、ようやく私は気がついた。

「あれ、もしかして今日は来ない……？　というか、今日が初夜だと思っていたのは私だけってこと？」

やはり、初夜は結婚式のあとで正解だったと。その可能性に気づき、脱力した私はベッドに倒れ込んだ。

「はは……ははは……緊張し損……」

眠たい目を擦《こす》り、必死で起きていた自分が馬鹿みたいである。

今頃きっとルイスは夢の中。

私が彼の訪れを待っているなんて、絶対に考えてもいないだろう。

今更、知られたくもないけれど。

「自意識過剰……恥ずかしい……」

枕に突っ伏す。馬鹿正直に待っていた自分が恥ずかしくてたまらなかった。

緊張が一気に解ける。悲しいわけでもないのに、勝手に涙が出てきた。

「はははは……あー……」

初夜とか、変なことを考えるのはもうやめよう。なんだか碌なことになりそうもないから。

「そう、そうよね」

そういうものはきっと全て結婚後だ。今、私が気にすることではない。

なんだかとても疲れてしまった私は、そのまま目を閉じ、気づけば朝になっていた。

第二章　ルイスには秘密があるようです

「おはよう」

「……んん……えっ⁉」

朝の挨拶をされ、目を覚ます。

目の前には、昨日婚約者となったルイスがいて、私は思わず悲鳴を上げた。

◇◇◇

「……大変お待たせしました。その……どうぞ」

寝起きにルイスという状況に大混乱に陥った私だったが、とにかく一旦彼を追い出し、急いで着替えた。

見苦しくないよう最低限の身嗜《みだしな》みを整えてから、改めて外で待っていた彼を招く。

護衛として一緒にいたアーノルドも入ってきた。ふたりきりではないからＯＫということなのだろう。

ルイスが私を見て、あからさまに残念そうな顔をした。

「なんだ。せっかく着替えを持ってきたのに。着替えてしまったのか……」

「え……」

なんの話だ。

怪訝な顔をする私に、ルイスはまるでそれが当然であるかのように言う。

「朝、着替えを持ってくるのは普通、メイドの仕事だろう？　だが君にはいない。当たり前だ。許可しなかったからな。だから責任を持って、私が君のドレスを用意した」

「？？」

意味が分からず、眉を寄せつつルイスを見る。

確かに彼は綺麗にたたまれたドレスを両手に持っていた。次にアーノルドの方に視線を向けると
……彼は何故か銀のワゴンカートを押している。

「えーと……これは……」

説明を求めると、ルイスは何故か自信満々な顔をした。

「目覚めの紅茶も要るだろうと思い、用意してきた」

「僕に執事の真似事をさせるのは殿下くらいですよ」

口の端を歪めながら、アーノルドが答える。

だが、白手袋をしたアーノルドがワゴンカートを押す姿は、本職の執事にも負けていないくらいに様になっていた。執事だと紹介されれば、疑問に思わず信じ込んでしまう程度には。

しかし、今のこのカオスな状況はなんだろう。混乱しかない現状に頭を抱えたくなってくる。

――えっと、つまりわざわざ朝から押しかけてきたのは、着替えとお茶を持ってきたかったからって、そういうこと？

ルイスの話を総合するとそうなる。

「……」

ルイスの持つドレスを見る。私の視線に気づいたのだろう。それを広げてくれた。

「わ……綺麗」

細身のシルエットが美しいドレスだ。リボンなどは少ないが、代わりに刺繍《ししゅう》がびっしりだった。

非常に上品な仕上がりだ。

「君に似合うと思ってな、用意していたものの中から選んだ。今日は仕方ないが、是非次は選ばせてもらいたい。……と、お茶が冷めてしまうな。ロティ、座ってくれ」

「え？　は、はい」

疑問に思う間もなく流されてしまった。近くのソファに座る。

そんな私にルイスが紅茶を差し出してくる。それを受け取りながら、私はとりあえずこれだけは言わなければと思ったことを言った。

「ルイス……その、できれば朝、部屋に入ってくるのは遠慮していただけると助かります」

「うん？」

首を傾げるルイスは本当に分かっていないようだった。

いや、まあ、彼がそういう態度をとるのも分からなくはないけど。だって私も屋敷にいた時はメイドが起こしに来ていたし、ドレスやお茶を持ってきてくれていた。

『世話をする』という昨日の彼の言葉を考えれば、今の態度は理解できるのだ。

なるほど、確かに言葉通り、彼は私の世話をしに来てくれたのだろう。

だけど。

――さすがにこれはどうなの……？

いくら世話をされることを了承したとはいえ、異性に黙って部屋に入ってこられるのは困る。

そういうことを順を追って説明したが、ルイスは理解してはくれなかった。

「私は君の夫になる男だぞ？　何が問題なのかさっぱり分からない」

「ええ？　問題しかないと思うんですけど……」

問題だと思われていないことが問題である。

がっくりと項垂れると、話を聞いていたアーノルドが呆れたように言った。

「だから言ったでしょう、殿下。やめておいた方がいいですよって」

「……だが、入浴の手伝いというわけでもないぞ？　目覚めの紅茶と着替えは、基本的な業務ではないか。私はロティの世話をすると決めたのだから、不自由のないよう動くのは当然のことだ」

「殿下が女性だったら問題はなかったのかもしれませんけどね」

――本当、それ！

アーノルドの言葉に全力で頷いた。

だが、ルイスは非常に不満そうだ。

「……それなら私は他に何をすればいいんだ。昨日も思ったが、せっかく自由に世話をできる婚約者を手に入れたというのに、これでは意味がないではないか」

「そうですか？　お食事のお世話だけでも十分だと思いますよ」

「……ロティ」

お前はどうなのだという顔で見られ、私は申し訳ないと心の中で謝りつつも彼に言った。

「すみません。できれば食事だけでお願いしたいです」

「……」

ショックを受けた顔で私を見てくるルイス。彼はボソリと私に言った。

「昨日、私にお世話されると言わなかったか？」

「い、言いましたけど……その……やはり遠慮していただきたいこともありますので……」

女性同士でないと駄目なものはあると思う。

私の訴えに、ルイスはムッとしつつも黙り込み、やがて私に聞いてきた。

「……着替えを手伝うのは駄目か？」

「遠慮していただきたいです」

キッパリと告げる。ここで流されたら困るのは自分だと分かっていた。ルイスの眉間に皺《しわ》が寄る。

「そうか……では、洗濯は」

「絶対にやめていただきたいですね」

洗濯なんて絶対に嫌だし、下働きの仕事にもほどがある。それに、だ。あり得ないことだとは思うが、ルイスに下着を洗われた日には、窓から飛び降りたくなるに決まっている。

羞恥の極み。無理。絶対に無理だ。

「そう、か」

私の顔に何を見たのかは分からないが、これは駄目だということは理解してくれたようである。ホッとしていると、更にルイスは聞いてきた。

「部屋の掃除は？」

「えっと、駄目……いえ、ギリギリ大丈夫です」

できればやめて欲しいと言いたかったが、できなかった。

だってルイスが目に見えて落ち込んだから。

アレも駄目。コレも駄目。じゃあ、どうすればいいのかとその目は語っており……世話を焼かれることを受け入れた覚えのある身には、罪悪感がすごかった。

それに、自分に都合のいいことだけ受け入れるのもどうかと思うのだ。

彼の美味しい料理だけを享受し、彼が望むことは受け入れない。

それはさすがに駄目だ。

相手はれっきとした婚約者。お互い譲歩できるところはするべきだろう。そう思った。

——ま、まあ……掃除、くらい、なら……。

できるだけ綺麗に部屋を使うようにすればギリギリ。

なんとか譲歩の答えを出すと、ルイスはホッとしたような顔をした。

全部取り上げられたらどうしようと心配していたのだろう。

……本当に、本当に申し訳ない。

アーノルドも私の味方になってくれた。

「シャーロット様の言う通りだと思いますよ、殿下。殿下は昨日からずいぶんとはしゃいでおられます。もう少し冷静になるのがよろしいかと」

「……私は冷静ではないか？」

「ええ、大はしゃぎです」

「……そうか」

真顔でアーノルドに言われ、ルイスはばつが悪いという顔をした。そうして溜息を吐き、私に向き直る。

「どうやら君という婚約者ができてずいぶんと浮かれていたようだ。言われてみれば、世話以前に女性に対する配慮がなかったな。申し訳ない」

「い、いいえ。私の方こそ……！」

「これからは、行動を起こす時は君に尋ねることにする。……それで……調子がいいとは分かっているが、まずは先ほどの非礼を許してもらえるだろうか」

「も、もちろんです」

許すも許さないもない。

大体、いきなり部屋に入ってこられたことには驚いたが、別に怒っていたわけではないのだ。

こうやって謝ってもらえたことだし、これからは私の意見も聞いてくれるというのなら水に流すことは吝《やぶさ》かではなかった。

「わ、私も世話をされることを受け入れたわけですし、そこまで謝っていただく理由はありません。その……私も譲歩できるところは譲歩します」

「……！　そうか、ありがとう」

パッとルイスが顔を輝かせる。アーノルドがくすりと笑いながら言った。

「よかったですね、殿下」

「ああ。ところでロティ、紅茶のおかわりはどうだろうか？」

「え、あ、いただきます」

いつの間にか紅茶のカップが空になっていたことに気づき、頷いた。

新たに紅茶を注ぎながらルイスが言う。

「お茶を飲んだら朝食にしよう。一緒に食事をした方が楽しいからな。朝食は食堂でと考えているが、構わないか？」

「はい！」

――食事！

一番楽しみなことを話題に出され、満面の笑みを浮かべる。

今までのやり取りが一瞬でどうでもよくなった瞬間だった。

◇◇◇

「あああぁ！　美味しい‼」

紅茶を飲み終わってから食堂に移動した私に待っていたのは、素晴らしいとしか言いようのない料理の数々だった。

卵を巻いた『だし巻き卵』と呼ばれるものに、『味噌汁《みそしる》』という名の野菜がたっぷり入ったスープ。カボチャを甘く煮た『煮物』など、初めて見るものばかりだったが、そのどれもが、信じられないくらいに美味だったのだ。

「だ、だし巻き卵……美味しい……じゅわっと口の中で味が広がる……お米との相性ばっちり。あぁ……この味噌汁というスープも美味しいわ。不思議な味だけど妙に癖になるというか……大根にスープの味が染みて最高……はあああ！　カボチャ。カボチャってこんな食べ方があったのね。煮物なんて知らなかったけどホクホクして美味しいわ。この独特の味つけもいい……はあ……こんなの食べたことない……！」

こんな感じで、私は終始ルイスの腕前を大絶賛し続けた。

初めて見る料理に戸惑わなかったのかと聞かれれば、答えは『いいえ』だ。

すでに昨日のオムライスで、ルイスの腕前がとんでもないレベルだということは分かっている。

だからたとえどんな見た目でも引いたりはしない。

そして私の想像通り、出てきた朝食はどれも素晴らしい出来映えのものばかりで、私は涙を流して食事を心から味わったというわけだった。

悦びに打ち震えながら食事を取る私を、ルイスが面白いものを見るような目で見てくる。

「そんなに喜んでもらえると、こちらとしても作った甲斐《かい》があるな」

「ええ、ええ、ルイスの料理は最高です……特にこのだし巻き卵が美味しくて……この味、なんなのでしょう？　塩や砂糖だけでこんな味は出ませんよね？」

「それは『出汁《だし》』だ」

「『出汁』？」

初めて聞いた言葉に首を傾げる。魚が原材料となる出汁は、ルイスの作る料理には欠かせないものらしく、常にストックするようにしているのだと彼は言った。

「これでも王族だからな。欲しい食材は、大体は手に入る。まあ、この世界にはなくて代用品を立てるということも少なくないのだが……」

「この世界？」

ルイスの言い方が気になり、つい聞き返してしまった。ルイスはハッとしたような顔をして「なんでもない」と私から目を逸《そ》らす。

その表情から話したくないことなのだなと察した私は、それ以上は突っ込まず、スルーすることに決めた。

わざわざ突っついたところで、どちらも良い気分にはならないと分かっていたからだ。

言いたくないことを無理やり聞いたりはしない。自分がされて嫌なことは相手にもしない。それが私の処世術なのである。

「だし巻き卵。よければ、もう一本食べるか？」

「食べます！」

物足りなそうにしていたことに気づかれたようだ。食い意地が張っていると思われるかなと一瞬頭に過《よぎ》ったが、今更だと思い直した。

昨夜、オムライスを三つ食べている時点で、私の大食いはバレているのである。ルイスだってたくさん食べる女性が好きだと言っていた。それならもう開き直ってしまおう。

「できたぞ」

十分ほどして、ルイスが手ずから新しいだし巻き卵を持ってきてくれた。熱々のできたてだ。

湯気がほわほわとしている。

「熱っ、でも、美味しい～！」

やはり料理はできたてが最高だ。美味しさを嚙みしめていると、ルイスが言う。

「だし巻きは冷やしても美味いぞ」

「え、そうなんですか？」

「ああ。あと、今日は用意していないが、大根おろしと一緒に食べるのもお勧めだ。今度出してやるから試してみるといい」

「お願いします！」

美味しいものはなんでも食べたい。

即答する私に、ルイスが好意的な笑みを向けてくる。

「しかし、君は本当にいい食べっぷりを見せてくれるな」

「だって美味しいですから」

「見知らぬ料理でも、か？」

「関係ありませんよ。美味しければ、それが正義です！」

食べたことがない、知らないからと遠ざけるのは簡単だ。だがそれで、自分が好むと思うかもしれない料理を食べ損ねる方が私は嫌だ。

「ルイスの料理は全部美味しいですから。何が出てきても美味しくいただける自信があります！」

彼の料理の腕はこの数回で嫌になるほどよく分かった。

きっと彼は、どんなものでも美味しく作れてしまうタイプの神料理人なのだ。

料理人になっていればたくさんの人をその技術で幸せにしたのだろうが、彼は国にひとりしかいない王子だ。いくら才能があってもそれを望むのは間違いだと分かっている。

――それに、その美味しい料理は私が味わえるしね！

その点においては、本当に私はいい婚約者に出会えたと思う。

ニコニコしていると、ルイスが照れたように笑った。

「そ、そうか……その、味噌汁のおかわりはいるか？」

「いただきます」

キリッとした顔で即答した。

今朝の朝食は全てが美味しいのだが、あまりお腹に溜まらないのだけが難点だと思っていたのだ。おかわりをさせてもらえるならありがたい。

二杯目の味噌汁を味わっていると、ルイスが「そういえば」と私に話しかけてきた。

「今日、私は城に行かなければならないのだが……君はどうする？」

「どうすると言われましても。特に予定もありませんのでのんびりとしてます」

何せ昨日、いきなり引っ越しすることになったのだ。

必要最小限のものこそ揃っているが、それ以外は何もない。

「……できれば屋敷から日記帳を持ってこられるといいんですけど」

日記帳には、私がその日に食べた料理についての感想や店の情報が書いてある。

私の趣味は食べ歩きなので、店を覚えておくためにも必要な作業なのだ。

あの日記帳が手元にないと、どうにも落ち着かない。そう思いながら溜息を吐くと、ルイスが聞いてきた。

「日記帳、か。ロティがよいのなら、アーノルドかカーティスに取りに行かせるが……」

「いいんですか？」

それはありがたい。

嬉しい提案に目を輝かせたが、ルイスは気が進まないようだった。

「もちろん構わないが……本当に他人に任せてもいいのか？　日記だろう？」

「あ、日記といっても、ちょっと違うんです。食べ歩きやその日食べたものの記録をつけているだけなので、中を見られても別に困りません」

どうやら、私のプライバシーに配慮してくれたらしい。風呂の介助をしようとしたり、寝ているところを無断で入ってきたりしたことを思い出せば、今更？　と思わなくもないが、あれは本人も認めていた通りはしゃいでいただけなのだろう。

本来の彼はきちんとした人なのだ。

「持ってきていただけるのなら、持ってきて欲しいです」

「分かった」

改めてお願いすると、今度は普通に頷いてくれた。

よかった。日記帳さえあれば特に困ることはない。あれが手元に来たら、昨日と今日の分もきっちり書いておかなければ。特に初めて食べた料理については、事細かに書くようにしているのである。

「ありがとうございます。助かります」

「それと、昼の話だが」

「はい」

どうやらまだ話があるらしい。

返事をすると、彼は厨房がある方角に目を向けた。

「おそらく私は、夕方まで戻れない。だから昼食は作り置きだ。申し訳ないが、今日はそれを食べてくれると嬉しい」

「作り置き……ですか？」

「ああ、温かいものを食べさせてやれなくてすまない」

「い、いえ……」

　驚いた。

　まさか昼用にわざわざ作り置きを用意してくれるとは思わなかった。

　予想もしなかった展開だが、ルイスがどんな昼食を作ってくれたのかは気になるし、美味しいのは保証済みなので、素直に楽しみだと思える。

「ありがとうございます。ありがたくいただきます……！」

「食べ終わった皿は、水に浸けておいてくれ」

「え、洗いますけど」

　やったことがないのでできるか分からないけれど、それくらいはさせて欲しい。そう思ったが、ルイスは首を横に振った。

「手が荒れるだろう。女性、それも高位貴族である君の手を荒らすような真似はさせられない。必ず、水に浸けた状態で置いておいてくれ」

「で、でも。それを言うならルイスこそ……」

　王子である彼が手を荒らす方が問題なのではないか。そう思ったのだが、彼は「問題ない」と笑った。

「剣の稽古でどうせ荒れる。それに男は気になどしないが、女性はそうはいかないだろう。いいから置いておくこと。分かったな？」

「わ、分かりました」

そうまで言われては、頷くより他はない。

そのあともルイスは留守番をする上で気をつけることをいくつか告げ、片づけをしたあと、慌ただしく館を出ていった。

どうやらアーノルドがルイスを城に送り届けてから日記を取りに行ってくれるらしく、館には弟のカーティスが残っている。

ルイスを見送った私は、なんとなく厨房へと足を向けた。

部屋に戻るのではなく厨房へ向かう私に、カーティスが声をかけてくる。

「部屋に戻るんじゃないの？　そっち、厨房だけど」

「……知ってます」

「あー、もしかして、殿下の作ってくれた昼ご飯が気になるとか？」

「……」

ズバリ正解を当てられ、ギクリとした。ピタリと足が止まる。それだけで分かったのだろう。カーティスはゲラゲラと笑い出した。

「マ、ジ、で？　今、朝飯を食べたばかりなのに、もう昼飯を見に行くの？　食い意地張りすぎてない？」

「う、うるさいですよ。気になるんだから仕方ないじゃないですか。放っておいて下さい」

自分でもなんとなく思っていたことを指摘され、顔が赤くなる。

だけどルイスが作ってくれたお昼がどんなものなのか、どうしても確認したかったのだ。

カーティスが笑いを噛み殺しながら言う。

「まあ、殿下の料理は確かに美味《うま》いけどさー。昨日今日であっさり釣られすぎじゃね？　あんた、チョロいって言われない？」

「い、言われません！　そんなこと言われたこともありません」

「えー……」

嘘だという目で見られた。ひどい言いがかりだ。

しかし、彼の兄であるアーノルドもそうだが、この双子は非常に性格が濃い。

どちらも一筋縄ではいかない感じで、こちらとしてはなかなか気が許せないところなのだが、ルイスが側に置いているのだ。きっとふたりとも信頼できる騎士なのだろう。

カーティスとどうでもいい話をしつつ、厨房に歩いていく。

厨房の中に入ると、真っ先に調理台に目がいった。

銀色のクローシュが三つほどある。他にそれらしきものはないし、お昼はおそらくあれらの中に入っているのだろう。

「……」

そーっとクローシュを開けていく。まずひとつめ。中には大きめの皿があり、その上には不思議なものが鎮座していた。

「？」

米が三角の形に固められている。それには黒いものが巻かれていた。

謎だ。

「ナニコレ……」

ご飯は分かる。だが、どうして三角の形に固められているのか。そして巻いてある黒いものは何なのか、さっぱり分からなかった。

後ろから覗《のぞ》き込んできたカーティスが謎の三角ご飯を見て、爆笑する。

「すっげー！　相変わらず意味分かんねー！　さすが殿下！」

「どうして笑うんですか」

「いや、これ笑うしかなくない？　なんで三角にしてるのさ」

これ、と三角にされた米を指さす。確かに意味は分からないが、私は料理に関しては昨日、今日で完全にルイスを信頼していた。だからキッパリと言う。

「笑いません。ルイスが私のために用意してくれたものを笑うなんて、そんなことするはずないです」

「あー、意外と真面目ちゃん？」

「そういうわけではありませんけど……」

少なくとも食に関しては真摯でありたいと思っている。ただ、それだけだ。

「私は絶対に美味しいって信じてますから」

「まあ、殿下の作る料理にハズレはないけどね。あとは……と、さっきの朝食の残りが多いなぁ」

「作り置きだとおっしゃっていましたから。朝食を多めに作って取り分けておいたのでしょう」

カーティスの言う通り、三角ご飯の他には朝食べただし巻き卵やカボチャの煮物などが用意されていた。見たことのない揚げ物や野菜もある。

「あれ？」

皿の下に一枚紙が挟まっていることに気づく。二つ折りされてあったそれには、流麗な文字でこう書かれてあった。

『つまみ食いはせず、きちんと昼の定刻まで待つように。君には物足りないかもしれないが、昼過ぎには帰るしおやつも用意するので、大人しく待っていろ』

「……注意勧告？」

一緒に見ていたカーティスがゲラゲラと笑い出す。

「あっ、あははっ！　おっかしい！　これ完全に『お母さん』じゃん！」

「……」

確かにその通りだ。

まるで小さな子供に言い聞かせるかのような文面に固まる。だが、興味津々で確認に来た私に言えることなど何もなかった。

なんなら、その三角ご飯が一体なんなのか、ひとつくらい試してみてもいいのでは？　と考え始

めていたから余計だ。

わずか二日で完全に思考を読まれている。

ニヤニヤしながらカーティスが私に聞いてくる。

「で？　食べないの？」

「食べません」

「本当に？　オレ、別に殿下に言いつけたりしないよ？」

「食べません」

「ふーん」

全然信じていない顔で私を見てくるカーティス。本当にこの兄弟は煽《あお》りスキルが高すぎやしないだろうか。

しかし、ここまで言われると、絶対につまみ食いはできないという気持ちになってしまう。

カーティスは言わないと言ったが、本当かどうかは分からないし、もしバレた時、我慢のできない女だと思われるのは嫌だった。

「……戻ります」

断腸の思いで宣言する。カーティスが口を尖らせた。

「えー、本当につまみ食いしないんだ。面白くねーの」

「別に、あなたに楽しんでもらおうと思っていませんから」

「ふーん」

ニヤニヤしている。とてもニヤニヤしている。その顔がとても腹立たしかった私は、カーティスを無視し、自分の部屋に戻ることにした。

目の前にあるとどうしたってつまみ食いしたくなってしまう。それを防ぐためにもこの場から離れるのがベストだと思った。

なんとか誘惑を振り払い、自室へと戻る。

扉を閉め、私は大きな息を吐いた。

「……やばかったわ」

カーティスがいなかったら、間違いなく誘惑に負け、つまみ食いをしていたと思う。

何せ初めて見る料理。食べることに目がない私に、あれをスルーしろというのは無理な話。

カーティスに馬鹿にされたくない一心で部屋に戻ってきたが、すでにお昼の時間が待ち遠しかった。

「早くお昼にならないかしら」

時計を見ながら呟き、そこでハッと気がついた。

もしかしなくても、今の私は『お母さんの言いつけを守ろうと頑張っている子供』となんら変わらないのではないか、と。なかなかに格好悪い。

「……い、いや、でもそれはルイスがあんな手紙を残していくから……でも、普通、婚約者に対して、あんな手紙を書く？」

あの手紙を読んで、誰が婚約者に宛てたものだと思うだろう。

カーティスではないが、お母さん、もしくは親身になって世話をしてくれる執事辺りが書いたものとしか思えない。

「……ルイスって私を世話したいって言ってたわよね。それって、自分の庇護下にある存在を世話したい的な意味が強かったのかしら」

もちろん彼が私のことをきちんと婚約者として見てくれていることは分かっているが、考えてみれば、私たちの婚約は恋愛が絡んだものではない。

世話をしたい、ご飯を作りたいルイスと、美味しいものをたくさん食べたい私、互いの希望が偶然マッチしたからこそ成り立ったのだ。

そう、当たり前だがそこに恋愛感情はない。

婚約者ではあるけれど、私たちは恋人同士ではなく、世話をする人とされる人という関係でしかないのだ。

「……昨日は初夜とか難しく考えてしまったけど」

腕を組み、考えを整理する。

婚約者だのなんだの思い詰める必要はなかったのかもしれない。

お互い利害が一致し、婚約、結婚を決めただけ。だからルイスに対しても、家族のように接すればそれでいいのではないだろうか。

「お母さんと子供、っていうのはさすがに嫌だけど……」

家族にならなれる気がする。

昨日ルイスも『君がいい』と言ってくれたし、世話をする相手として私は及第点だったのだろう。

私も彼の料理には深く満足した。

家族。落としどころとしてはベストなのではないだろうか。

「うん、うん。そう、そんな感じでいけばいいか……！」

今後ルイスとどう接していくか。

とりあえずの結論が出た私は、すっかり気分が良くなったので、あの謎の三角ご飯をやっぱりつまみ食いしに行くことを決めた。

◇◇◇

「よし、カーティス様はいないわね」

再び厨房にやってきた私は、カーティスがいないことを念入りに確認してからクローシュを開け、こっそり三角ご飯を手に取った。

お昼ご飯用に作ってもらったものなので、さすがに全部は食べない。三つあるうち、とりあえずひとつだけ食べようと思った。気持ちを満足させたかったのだ。

「……」

無言で三角ご飯に齧《かじ》りつく。堅いと思っていた米は齧りつくとすぐに口の中で解けていった。

絶妙な塩味が口内に広がる。

「……何これ……すっごく美味しいんだけど」

普通に米を食べただけでは絶対に味わえない味に私は本気で慄《おのの》いた。思わずもう一口。

「あっ……」

三角ご飯の中には具が入っていた。これは……魚の身をフレークにしたものだ。

「すごい……」

塩味だけでも信じられないくらい美味しかったのに、具が入るとその美味しさは上限を突破する。

ただ三角に固めただけの米のはず。それがここまでの味を出すなんて思いもしなかった。

「間違いない……これは革命だわ……」

黒い部分を持てば手は汚れないいし、しっかり固めてあるので米はたくさん詰まっている。

持ち運びに最適、お弁当にもぴったりの逸品だ。

「はあ……美味しい」

結構大きかったのだが、あっという間に一個食べてしまった。つい次のご飯に手が伸びそうになり、慌てて堪《こら》える。

「だ、駄目。一個だけって決めたんだから……うう、でも……」

美味しいと分かってしまったものを見て見ぬふりするのはキツい。

食べないの？　と誘われている気分になってしまう。

「う……うう……駄目、駄目よ」

そう言いながらまた手が伸びていく。二個目を取ろうとしたところで楽しげな声が聞こえてきた。

「あー、やっぱりつまみ食いしてんじゃん。殿下に言ってやろ」

「カ、カーティス様！」

振り返るとそこにはやはりと言おうか、カーティスがニヤニヤ笑いながら立っていた。急いで手を引っ込める。

「な、何を……わ、私はただちょっと様子を見に来ただけで……」

「米粒、口の端についてるけど」

「っ‼」

慌てて口を拭った。カーティスが爆笑する。

「あははっ！　嘘だって！　騙《だま》されてやんの！」

「〰〰〰‼」

非常に幼稚な手に引っかかってしまった。顔を真っ赤にしてカーティスを睨みつける。彼は「ん？」と実に楽しそうだ。

「何？」

「……黙ってて下さい」

「何～？　聞こえなーい」

嘘だ。絶対に聞こえている。だが、現時点において私の方が圧倒的に立場が下だ。

私はギリギリと歯噛みしながらもカーティスに言った。

「ルイスには黙ってて下さい！　って、お願いしてるんです！」

「お願いって感じには聞こえないけど？」

「お願いします‼」

叩きつけるように言うと、カーティスは更に笑った。そうして私に手を出す。

「……なんですか」

「賄賂」

「は？」

「だーかーら、賄賂。黙ってて欲しいんでしょ。オレ、優しいから言うこと聞いてあげる。でも、タダっていうのはちょっとな～」

「くっ……足下を見てくるなんて卑怯《ひきょう》な……！」

「別に嫌ならいいんだよ？　オレはなんにも困らないから」

「くううううううう……！」

こちらの立場が弱いと分かって賄賂を要求してくるカーティスに腹が立つ。だが、誘惑に負けてつまみ食いをしたのは自分なのだ。この場を丸く収めるためには、何かを犠牲にしなければならないと分かっていた。

カーティスがほれほれと手を出す。

「あんたがつまみ食いしたその三角ご飯を一個くれたら、黙っててあげる」

「なっ……！」

一番狙われたくないものを指名された。残り二個。昼食時に大事に食べようと思っていたのに、まさかそのひとつを狙われるなんて。

――つまみ食いなんてするんじゃなかった……！

後悔先に立たずという言葉が頭の中をグルグルと回る。だが、私に断るという選択肢はない。

黙っていてもらうためには、カーティスの言う通りのものを捧《ささ》げるしかなかった。

「……ど、どうぞ」

「え？　くれんの？　悪いね」

「……」

全然悪いと思っていない顔でカーティスが私のお昼ご飯から三角ご飯を奪っていく。

ああ、本当にどうして私はつまみ食いなどしてしまったのだろう。大人しく我慢しておけば、全部私のものだったのに。

「あー、めっちゃうま」

パクパクと遠慮なく三角ご飯を食べるカーティスを涙目で見つめながら、私は二度とつまみ食いはしないと誓った。

◇◇◇

自業自得で楽しみが減ってしまったお昼ご飯を食べたあと、ルイスが館に戻ってきた。

アーノルドも一緒だ。

「戻ったぞ」

「ルイス、お帰りなさい」

馬車の音が聞こえたので、彼が帰ってきたことには気づいていた。お昼のお礼を言いたかった私は、急いで階段を下り、玄関ホールまで出てきたのだ。当然カーティスもついてきた。

私の姿を見たルイスが嬉しそうに破顔する。

「ロティ、来てくれたのか」

「その……お昼ご飯のお礼が言いたくて。とても美味しかったです。ありがとうございました」

忙しい中、時間を割いて、私のために作ってくれたのだ。心からお礼を言うと、ルイスはワクワクした様子で聞いてきた。

「気に入ってくれたのならよかった。『おにぎり』はどうだった？」

「『おにぎり』、ですか？」

聞き慣れない言葉に首を傾げる。ルイスはあっと気づいたような顔をした。

「そうか。言っていなかったな。あの三角に握ったご飯のことだ」

「おにぎりっていうんですね。すごく美味しかったです。ご飯に革命が起こったかと思いました……！」

感動をそのまま伝える。

「塩味も良かったんですが、中に具が入っていたのが最高でした。あと、黒いものが巻いてあったのですがあれは……？」

「『海苔』だ。パリパリしていて美味かっただろう」

「はい。手も汚れないし、お米との相性もばっちりでした……」

話しながら歩く。ルイスと一緒に二階に上がった。

おにぎりに海苔。私の知らない料理や食材の話を聞くのが楽しくてしょうがない。

「海苔は自分で作っているからあまり在庫はないのだが、どうしても持っておきたくてな」

「ご自分で作っていらっしゃるのですか……？」

さらりと告げられた事実に驚く。王子が料理の食材を自分で作る？　ちょっとあり得ない話に目を見開くしかできない。

「ああ、海苔なんてこの世界……いや、この国にはないからな。ないなら自分で作るしかないだろう。幸いにも海苔の作り方は昔『テレビ』で見て知っていたからなんとかなったし……まあ、ずいぶんと失敗はしたが」

「『てれび』？」

また分からない単語が飛び出した。

新しい食材の名前だろうかと首を傾げると、ルイスは慌てて口を開いた。

「今のは失言だ。忘れてくれ」

「え、でも」

「ロティ、頼む」

「は、はい……」

真剣な顔をして言われてしまえば、頷くより他はない。

私たちの後ろを歩いていたアーノルドがわざとらしく話に入ってきた。

「シャーロット様」

「え、はい」

返事をすると、アーノルドは赤い表紙の本を差し出してきた。

三センチ以上の分厚さのあるそれは――私の日記帳だ。

「日記帳……」

「あなたの屋敷に行って、預かってきました。こちらで間違いはありませんか？」

「は、はい。ありがとうございます……！」

日記帳を受け取り、ホッとした。昨夜は突然の引っ越しに驚きすぎて日記のことなど忘れていたが、やはり手元にないと不安だ。今日からまた日記をつけよう。

ルイスが日記帳を興味深げに覗き込んでくる。

「それが君の言っていた日記か。食べたものを記録しているのだったか？」

「はい。私の趣味は食べ歩きですので。いつ、どんな店に行ったか。どんな味だったのか、次は何を食べるつもりかなど、色々な情報を書き留めているんです。店休日なんかも書いていますから、結構役立つんですよ。ほら、ご覧になりますか？」

記録でつけているだけなので、気にせず真ん中辺りを開け、書いてあることを見せた。ルイスが感心したように頷く。

「すごいな。思ったより細かく書かれてある」

「好きなことには凝り性なもので。思い出しながら書くのも楽しいんです」

日記を閉じる。ルイスが私に言った。

「今から着替えてくる。そのあとは言っていた通り、お茶にしよう。昨日用意しておいたものがあるからな。……一応聞くがロティ、つまみ食いはしなかっただろうな？」

「も、もちろんです！」

視界の端にカーティスが映る。彼はニヤニヤしていたが、賄賂の効果か、何も言いはしなかった。どうやら約束は守ってくれるタイプらしい。おにぎりを譲った甲斐があったというものだ。

「そうか。それならよかった。小サロンで待っていてくれ。準備をしてくる」

「は、はい……」

ルイスが足早に自分の部屋に向かう。その後ろをアーノルドがついていった。ふたりがいなくなり、指示された小サロンへ向かおうとすると、カーティスがふいに言った。

「ね、オレ、言わなかったでしょう？　偉い？」

「偉くないです。だってちゃんと賄賂を渡したじゃないですか」

受け取った以上、約束を守るのは当然のことだ。カーティスを睨むと、彼はキョトンとした顔で言った。

「何言ってんの。アーノルドなんか賄賂を渡しても秒でバラしてくるタイプだからね。見つかったのがオレで本当、ラッキーだったと思うよ」

件だった。

「……そう、ですか」

賄賂を渡す意味とは、と思ってしまった私は悪くない。

だけどとりあえず、アーノルドとは交渉してはいけないんだなということだけはよく分かった一件だった。

◇◇◇

ルイスと暮らし始めて、早くもひと月ほどが過ぎた。

最初はどうなることかと思っていたが、彼との生活は快適で、私はすっかり現在の暮らしに慣れてしまった。

ルイスは毎日美味しい食事を食べさせてくれて、熱心に私の世話を焼いてくれる。その姿はとても甲斐甲斐しく、いつの間にか私は、彼のことを家族どころか、『お母さん』枠だと思うようになっていった。

そして『お母さん』だと認識してしまえば、色々な警戒が緩くなるのも当然のことで。

元々『食』以外に興味のなかった私は、彼のちょっと過剰な世話も「まあお母さんだしな」とわりと受け入れるようになってしまっていた。

最初は絶対に嫌だと断っていた、彼に起こされることも気づけば当たり前になっていたし、まあいいかと思えるようになっていた。

彼の用意したドレスを着ることにも全く抵抗感がない。むしろ、自分で選ばなくていいなんて最高、くらいに思い出した。ついでに言うのなら、彼の化粧の腕はすごかった。公爵家のメイドたちより上手だったのである。

人の世話をしたくてたまらなかった彼は、自分が唯一世話ができる未来の妻のために、ひとり努力し続けてきたらしい。理由はよく分かったが、ちょっと上手すぎるのではないだろうか。だが、自分が使用人より下手なら、きっと世話を任せてもらえないと考えたからと言い返され、まあ、それはそうかもしれないと納得した。

そうして気づけば私は、どうしても譲れない風呂と洗濯。それら以外のほぼ全てをルイスに任せているという状態になっていたのである。

洗濯に関しては、毎朝、公爵家で雇っているメイドがやってきて、新しいものを置いていき、洗濯物を持っていくということになった。その子は元々私付きのメイドだった子で、気心の知れた彼女が毎日来てくれるのを、実は私はわりと楽しみにしている。

風呂は、幸いにもかなり早い段階でひとりで入ることに慣れた……というか、ひとりで入る快適さに気づいてしまったので、今更誰かに介添えしてもらって、なんて気持ちにならなくなった。

誰にも邪魔されずにゆったりリラックスできるお風呂。完全にひとりになれる時間は貴重で、公爵家でもひとりで入っていればよかったなと思うくらいには、ひとりでのお風呂タイムが好きになっていたのだ。

そんなわけで、今の暮らしにケチをつけるところなど全くない。

むしろこんなに快適に過ごさせてもらっていいのだろうかと思ってしまうくらいなのである。

いや、だって私、本当に世話されているだけで、他になんにもしていないから。

ルイスが毎日作ってくれる食事は常に私に新しい驚きを与えてくれるし、この間体験したヘッドマッサージはすごく気持ち良かった。

お茶が欲しいなと思えば、声に出す前に欲しいお茶が用意されるし、お茶請けだって完璧だ。

何故、ルイスは王子なのだろう。もし彼が執事なら、こんなに優秀な執事はいないと言い切れるくらいにルイスはすごかった。

こんな完璧な彼の婚約者が私。本当にいいのだろうかとたまに思いはするが、彼の料理を独り占めできる今の地位を譲る気はないので、ありがたく享受させていただいている。

「今日のご飯は何かしら」

与えられた自室のソファァで寛ぎながら時計を確認する。先ほど、お茶の時間も終わった。今頃ルイスは厨房で夕食の支度をしているのだろう。

「……行ってみよう」

ソファァから立ち上がり、部屋を出る。上機嫌でトントンと階段を下りていくと、玄関ホールにいた双子騎士と目が合った。

「おや、シャーロット様。どちらへ？」

アーノルドが声をかけてくる。それに正直に答えた。

「今日の晩ご飯のメニューが気になって。本人に直接聞きに行こうかと」

「相変わらずですね。ええ、殿下は厨房にいらっしゃいますよ」

「ありがとう」

こういうやり取りも最近はよくしているので、令嬢としてはおかしい『夕ご飯の内容を聞きに行く』という馬鹿な行動もアーノルドたちはさらりと流してくれる。

この屋敷では本当に私は好きなように暮らさせてもらっていて、実家にいた時より自然体で過ごしているような気さえする。

本当にありがたい話だ。

「ルイス、今日のメニューはなんですか？」

ひょいと厨房を覗く。ルイスは包丁を持ち、肉の下処理をしているところだった。

「今日は、『肉じゃが』にしようと思っている」

「『にくじゃが』……」

「発音は、肉じゃがだな」

「肉じゃが」

「そう」

また知らない料理の名前が出た。

あれからルイスは私の知らない料理をいくつも披露してくれている。『照り焼きチキン』や『からあげ』、『とんかつ』に『生姜焼き』など、次から次へと並べられる未知の料理に私は魅了されっぱなしなのだが、彼がどうしてこんなにも色々作れるのかは謎のままだ。

まあ、美味しいからなんでもいいのだけれど。

「しかし、肉じゃがとはまた、美味しそうな名前ですね。どんな料理なのですか？」

ワクワクしながら尋ねる。

調理台にはジャガイモやにんじん、玉葱などが並んでいたが、それがどんな風に調理されていくのか、料理が全くできない私には想像もつかなかった。

ルイスが楽しげに包丁を使いながら言う。

「簡単に言えば、牛肉と野菜を甘辛く煮込んだものだな。豚肉を使うという話もあるが、私は牛肉の方が好きだ」

「どちらも美味しそうですね。楽しみです！」

豚肉を使うという方にも興味はあったが、ルイスがお勧めだと言ってくれるのを楽しめる方がいいなと気持ちを切り替えた。

しかし、肉じゃがか。甘辛いと言われてもどんな感じになるのか見当もつかないが、今日の日記も楽しいことになるだろうということだけは確実だった。

「ルイスの料理ってどれも美味しいから、本当に毎日が幸せなんです」

心から言うと、肉と野菜の下処理を終えたルイスが笑った。

「それはよかった。やはり作り手としては食べた人に喜んでもらえるのが一番だからな。君の食いっぷりはすがすがしいし、私も嬉しく思っている」

「うっ、すみません」

たくさん食べている自覚はあったので、少し恥ずかしい。

「ルイスの料理が美味しくてつい食べすぎてしまうみたいで」

「嬉しいことを言ってくれるな。そうだ。今日はロティが前に好きだと言っていた『茶碗蒸し』も作ろうか。ずいぶんと気に入っていただろう?」

「い、いいんですか⁉　是非、お願いします!」

『茶碗蒸し』という言葉に、声が弾む。

一週間ほど前に初めて食べた茶碗蒸しという料理。それに私は今、ものすごく嵌《は》まっているのだ。卵料理なのだが、あんな料理は初めて食べた。口に入れた瞬間、あまりの美味しさに涙が出てきたことを覚えている。柔らかく固まった温かい卵の味が幸せで、昇天するかと思った。

あれがまた食べられると聞き、私はその場でぴょんぴょんと跳び跳ねた。

「茶碗蒸し、大好きなんです!」

「分かった。作ってやるから大人しく待っていろ」

「はい!」

ワクワクしながら、ルイスが料理を作るのを見守る。実は何度か手伝おうとしたことがあるのだが、役に立たないと断られてしまったのだ。

許されるのは皿を用意することくらい。ルイスの手が魔法にかけられたかのように、するすると料理を作っていく。

「良い匂い～」

肉じゃがを煮込む匂いに鼻がヒクヒクと勝手に動く。ルイスが笑って、小皿を私に差し出してきた。

「味見するか？」

「いいんですか⁉　ありがとうございます！」

つゆだけではあったが、味見をさせてもらう。色は茶色。透明感がある。口に入れると、甘さが口内に広がった。優しい味つけに心が癒やされる。

「はあ……すごく、美味しいです。甘みがあるってこんな感じなんですね」

「あとは煮込むだけだからもう少し待ってくれ」

「はい」

手際良く作業していくルイスを見守る。ルイスが茶碗蒸しを作っているのを興味深く観察していると、いつの間にこちらに来ていたのか、アーノルドが呆れたように言った。

「今のやり取りを聞いていて思いましたが、あなた方は本当にお似合いですね」

「ん？　どういう意味だ？」

アーノルドの言い方が気になったのか、ルイスが手を止め、彼を見る。アーノルドは肩を竦め、「他意はありませんよ」と言った。

「言葉通りです。本当におふたりは相性がいいんだなと思っただけです」

「相性か……それは確かにそうかもしれないな」

私に視線を移し、ルイスが頷く。

「私もまさかここまで思い描いた通りの生活ができるとは思っていなかった。きっとどこかで破綻するだろうと覚悟もしていたのだが……ロティ、無理はしていないか？　私がすることで嫌なことがあるのなら遠慮なく言ってもらいたい」

「大丈夫です。私、すごく幸せだなって思いながら毎日過ごしてますので」

「本当か？」

「はい！」

むしろここまでストレスフリーに過ごさせてもらっていいのかというくらいだ。

私とルイスは相性がいい。確かにその通りなのだろう。そんな人と婚約できたことをラッキーだと思う。

――まあ、婚約者というよりはお母さん、だけど。

世話を焼かれ、時には小言を言われる。ルイスは私の中ですでに家族でありお母さんという認識で、男の人という感覚は薄かった。

とはいえ、それで上手く回っているのだから何も問題はない。

――ルイスも別に、私のことが好きってわけでもないみたいだしね。

どちらも満足している今の関係を続けることが私の願い。

私は出来上がった茶碗蒸しに歓声を上げながら、これからも今の暮らしが続きますようにと心から願っていた。

◇◇◇

「美味！　美味です！　今日も最高に美味しいです。幸せ……！」

今日も今日とて、ルイスのご飯は美味しい。

彼が作ってくれた『カレー』という料理を食べながら私は震えていた。

カレーはとても見た目が非常にグロテスクな料理で、最初に見た時は失礼ながら、これ、大丈夫なのかと本気で思った。

色は茶色でドロドロとしており、とてもではないが食欲をそそるとは言えなかったからだ。

皿の上にご飯を載せ、その上にカレーをかける。

申し訳ないが、とても粗野な料理だと思った。

——これ、本当に美味しいの？

ルイスの料理の腕前を疑うわけではないが、この時ばかりは顔が引き攣った。

そういうわけで、目の前にドンと置かれたカレーに、私は悲壮《ひそう》な覚悟で挑んだのだが、それはいい意味で裏切られた。

カレーがすこぶる美味しかったのだ。

「あああああああ！」

我慢できず雄叫《おたけ》びを上げた。貴族令嬢らしくないのは分かっていたが、叫ばずにはいられなかった。

食欲をどこまでも誘う複雑なスパイスの香りがたまらない。カレーには野菜や肉の旨みが溶け込んでおり、単調な味ではなく深いコクが感じられた。

大きめに切られたすじ肉は柔らかく、口に入れるとほろほろに解けていく。ジャガイモにはしっかり味が染みていたし、にんじんには言い知れぬ甘みがあった。

「お、お、美味しい……何これ……初めての味……」

見た目は決していいとは言えないカレー。貴族の食事としては絶対に受け入れられないだろう。

だが、その美味しさは群を抜く。

妙に癖になり、何杯でも食べられるのだ。

「えっ、これ、どうして店とかで出さないんですか？　普通に儲《もう》かりますよ？」

行列必至の大人気店になる予感しかない。ルイスの話だとカレーは辛味を調整できるということだし、辛いものが苦手な人でもなんとかなる。つまりは汎用性が高いのだ。

「二杯目は卵をかけてみるか？」

いつも通りおかわりをお願いした私に、ルイスが悪魔の囁きをする。

カレーに卵。どう考えても美味しい予感しかしなかった私は元気よく頷いた。

「お願いします！」

そうして食べた二杯目のカレーは、卵のおかげで辛味がマイルドに抑えられ、しかも食べやすくなっているという最高の結果を私にもたらした。

すごい。卵をかけただけでこんなにも変わるのか。

本当に独り占めしているのが申し訳なくなる美味しさだ。

「うう……美味しい……美味しいです……」

あっという間に二杯目を平らげてしまった。令嬢としてはあり得ない食欲である。

だが、これもそれも全部、美味しい料理を作るルイスが悪いのだ。

今も笑顔で私に尋ねてくる。

「もう一杯どうだ？　次はチーズをかけてやるが」

「いただきます……」

天を仰いだ。

ここは「もう結構です」と言うべきところだと分かっているのに断れない。

だってチーズだ。卵も美味しかったが、チーズもカレーとの相性はバッチリだと思う。

想像だけで唾液が出てきた私は素直に三杯目をお願いした。

たくさん作ったということで一緒に食べていたアーノルドとカーティスが呆れた目をして私を見てくる。

「まだ食べるんですか？　あなた、僕たちより食べているでしょう。その身体のどこに入ってるんですか」

「オレたちより食べるって相当だよ？　すごいね」

「うっ……」

騎士ふたりに見つめられ、気まずくなった私は視線を逸らした。

自分が大食いだという自覚はあるのだ。

「私は楽しいぞ。作り手としては綺麗に平らげてもらえることが一番嬉しいからな」

「ルイス……」

「君が食べてくれることを想定して、カレーもたくさん作ったのだ。どしどし食べてくれ」

「はい！」

たんとお食べとばかりに皿に盛られたカレーを受け取る。三杯目のカレーの上にはとろりととろけたチーズがたっぷりかかっていた。

これは絶対に美味しいやつだ、間違いない。

「ありがとうございます！」

大喜びでスプーンを握る。チーズが載ったカレーは、想像通りとても美味しかった。

「はあ……幸せ」

最後の一粒まで綺麗に食べる。

ルイスには更なるおかわりを勧められたがさすがに断った。まだお腹的には余裕なのだが、カレーは次の日の方が美味しいらしいというのをルイスから先ほど聞いてしまったからだ。

残しておいて、明日美味しくいただきたい。そんな考えがあった。

「カレー……すごく美味しかったです。最高でした」

食後のお茶を飲みながら、カレーの味を思い出しまったりしていると、ルイスが嬉しそうに言った。

「君は本当に私の作ったものを美味しそうに食べてくれるな。私の作るものはこの国では見ないものばかりだろうに、萎縮する様子もない。正直驚いた」

「私、食べず嫌いって好きじゃないんです。それにルイスの作る料理はなんでも美味しいって知っていますから。だから安心して食べられるんだと思います。でも、ルイスって本当に変わった料理ばかり作りますよね……」

このひと月ほどで食べさせてもらった料理の数々を思い出す。

彼が私に作ってくれたもののは、そのほとんどがこの国にはない料理だったのだ。その見た目も味も、料理名も、何もかもが初めてのものばかり。

もちろん普段食べ慣れている料理も時折並んだりするけれども、圧倒的に知らない料理の方が多かった。

「次から次へと新しい料理が出てきて……でもどこかの国の料理というわけではないんですよね？　以前お話を伺った時は、オリジナルみたいなもの、とおっしゃっていましたけど」

私の質問にルイスは目を瞬かせ、持っていた紅茶のポットをテーブルの上に置いた。

近くにあった椅子を引き寄せ、座る。そうしてゆっくりと口を開いた。

「……正確には私のオリジナルというわけではない。君に出していたのは全て『日本料理』というカテゴリーにあるものだ」

「『日本料理』……ですか？」

初めて聞いた言葉だ。

どこかの国の名前だろうか。だが、『日本』なんていう国名を私は聞いたことがなかった。

「ええと、国名、ですか？　不勉強で申し訳ありませんが、そのような国の名前に覚えがなくて」

恥ずかしいと思いつつも正直に告げる。

ルイスはアーノルドに新しいカップを持ってこさせると、優雅な仕草でお茶を注いだ。

そうしてお茶を飲み、私を見る。

その仕草が、彼が落ち着こうとしているように私には見えた。

「ルイス？」

「……日本というのは国の名前だ。だが、私たちの生きるこの世界には存在しない」

「え？」

言われた言葉の意味が分からなかった。まじまじと彼を見つめる。ルイスは薄《う》っすらと微笑んでいた。

「いわゆる異世界とでも言うのだろうな。通常なら絶対に交わらない別世界。そこの島国の名前が日本という」

「……異世界？」

ルイスは何を言っているのだろう。

異世界とか別世界とか、突然彼が口にし始めた理由が分からず、ただ、彼を見つめる。

私の視線を受けたルイスは、なんでもないような顔で告げる。

「私には、そこで生きてきた記憶がある。いわゆる前世の記憶というものが。つまり記憶を持ったまま転生したということだな」

「へ……？」

「さっき君が食べたカレーも、この間好きだと言っていた茶碗蒸しも肉じゃがもおにぎりも、全部その世界の料理だ。私は、日本という国に生きていた。料理は趣味だった。だからその記憶のある今も、こうして料理を再現できるというわけなんだ」

「……」

呆気《あっけ》に取られながらもルイスの告白を聞く。

転生というのは分かる。死んだあと、新たな肉体を持って生まれ変わるという意味だ。輪廻《りんね》転生。その考え方は広く世界に知られている。

だけど異世界？

ルイスは異世界の日本という国からこの国に転生してきたと、そう言うのか。

じっと考える。

ルイスが嘘を吐いているとは思わなかった。だって彼が今まで作ってきた数々の料理が彼の言葉を証明している。

自慢ではないが、私は食べ物については本当に詳しいのだ。それこそ世界各国の様々な食材や料理について調べたし、実際に取り寄せて食べたことだって数知れずある。

もちろん、全てを知っているとは言えないが、それでもこの私がひと月もの間、全く知らないと言い切れる料理を彼が作り続けてきたというのは事実だ。

普通は不可能だと思う。

正直に言って、全てオリジナル料理ですと言われるよりも、異世界で生きてきて、その時の料理を覚えているから作っていると言われた方が、ああ、なるほどねと納得できる。

それくらい彼が作った料理は、この世界の料理とは系統も毛色も違ったからだ。

熟慮を重ね、私はゆっくりと口を開いた。

「なるほど。そういうことでしたか。だからルイスは未知の料理をたくさん作れたのですね。驚きましたが納得です」

「分かっている。信じられないのだろう。いや、信じられないのが当然だな。……戯《ざ》れ言と思い、今の話は忘れてくれ」

「しかしそうなると、ますます日本料理とやらに興味が湧きますね。異世界というだけあり、全くこちらとは違いますから。他にはどんなものがあるのでしょう」

「だから忘れてくれと――は？　ちょ、ちょっと待て」

怪訝な顔でルイスが私を見てくる。私はキョトンとしつつ彼を見返した。

「？　なんですか？」

「……信じるのか？」

「何を？」

脈絡がなさすぎて首を傾げる。ルイスは秀麗な眉を中央に寄せ、吐き捨てるように言った。

「……私が異世界転生をして、以前得た知識を使って料理をしているという話だ。突拍子もないとは思わなかったのか」

「確かに驚きましたけど……」

「嘘だとは思わなかったのか」

「嘘なんですか？」

「嘘じゃない」

即座に答えが返ってくる。それを受け、私は言った。

「はい。ルイスの言葉を信じます」

「……何故」

ものすごく不審な顔をされた。

嘘じゃないと自分で言ったくせに、理由を聞いてくるのが分からない。

「えーと……信じては駄目なんですか？」

「いや、駄目ではないが今までこうも素直に受け入れてくれた者がいなかったからな。……信じると頷いておきながら実際は妄言だと思っている者もいた。それくらいなら信じられないと正直に言ってくれた方がいいと思っただけだ」

「……ルイス、ずいぶんと拗《こじ》らせてますね」

「幼い時はそのせいでおかしな王子と遠巻きにされた。信じてくれないと理解してからは誰にも言っていない。……君以外は」

「どうして私には教えてくれたんですか？」

純粋に疑問だったのだが、彼は真顔で言ってのけた。

「君は私の妻になるのだろう？　夫婦で隠し事というのは好きではない」

「……あ、はい」

予想外すぎる答えに、ポカンと口を開いた。

――夫婦になるから。

どうやら彼はただそれだけの理由で、人に言いたくない秘密をわざわざ教えてくれたらしい。

パチパチと目を瞬かせていると、後ろに控えていたカーティスが軽い口調で言った。

「ちなみにオレとアーノルドも知ってるよ～。オレはおもしれーから殿下の話を信じてるけど、アーノルドは妄言だって断言してる。ね？」

「異世界転生なんて言われて信じる方が馬鹿ですよ。僕は現実主義者なんです」

カーティスに話を振られたアーノルドが嫌そうに言う。ふたりの言葉を聞き、ルイスが苦笑した。

「このふたりは幼い頃からずっと一緒だからな。今した話も知っている。カーティスはこんな奴だから、まあ信じてくれているんだろうなと思うし、アーノルドは……これくらい正直に言ってくれるとかえって楽だ。変に慰めてきたり信じてもいないくせに同調されたりするよりよほどいい」

「確かに……それはそうかもしれませんね」

信じていないのに信じているふりをされる方が傷つく。それは分かる。

大いに納得し、頷いていると、ルイスが「だから」と口を開いた。

「君も正直な気持ちを言ってくれて構わない。別に信じられないと言われたところで婚約破棄をするなんて言わないし、料理を作らないとも言わないから。何せこれは、私の我が儘でしかないからな。妻となる君にはどこかのタイミングで私のことを伝えておこうと考えていたんだ。それをどう受け取ろうと君の自由だ」

「はあ……」

ルイスの言い分を聞き、頷いた。ルイスは私の答えを待つようにじっと私を見ている。

——ええと、正直に言えば、いいのよね。

とりあえず、思ったことを口にした。

「異世界転生なんてすごいですね」

「ん？」

「いえ、だから、ただ転生して記憶を持っているってだけでもすごいのに、それが異世界なんて輪をかけてすごいなって思ったんですけど」

「……は？」

何を言ってるんだという目で見られる。

だが、これは私の正直な気持ちなのだ。私は私の思ったままを告げている。

「私としては、ルイスに異世界の記憶があってよかったって思ってます。だってそのおかげで美味しいご飯を食べさせてもらえているんですから。ルイスの料理ってどう考えてもこの世界では見ないものばかりですし。異世界転生したから作れるんだと聞いて、むしろ納得しかありませんでしたけど」

「……そう、なのか？」

疑念に満ちた顔をされた。

疑われるのは本意ではないが、多分、それはルイスの今までの環境のせいなのだから、ある程度は仕方のないことなのだろうと思う。

「はい。異世界転生でもしていないとオムライスもおにぎりもこのカレーだって思いつけませんって」

「……まあ、確かに調味料からして違うが」

眉を寄せつつ頷かれた。

「でしょう？　普通に考えて、調味料から作るとか、その年で不可能ですよね。しかも王子業の傍ら。だから私には十分それが理由になるんですよ」

今までは単にルイスが特別すごい人なのだと思っていたけど、異世界転生の話を聞けば納得しかない。

新たな調味料を作って、更にそれを使った新しい料理を作る？

どう考えたってひとりの人間にできることではない。何人もの人間が一生をそれに費やしても足りるかどうか。彼がしていることはそれくらいの偉業なのだ。

だから最初からそれを『知っていた』と言われた方が、よほどなるほどと思えた。

自身の考えをルイスに告げる。彼は唖然《あぜん》とした顔で私を見ていたが、やがてくつくつと笑い出した。

「そ、そうか……料理で信じてくれたのか……」

「え？　まだ嘘だと思ってます？　笑ってますけど」

これ以上どう説明すればいいんだという気持ちでルイスを見る。彼は否定するように首を横に振った。

「い、いや……十分だ。君に関しては、料理でと言われた方が信じられる。君が食に対し、真摯だということはこのひと月でよく分かったからな」

「はあ」

今のは褒められたのだろうか。分からないけど、信じてくれたらしいことは理解できた。

——よかった。

変に疑われるのだけはごめんだと思っていたので、私の気持ちが通じたことが嬉しかった。

ホッとしつつ、彼に笑顔を向ける。

「まあそういうことです。つまり私にとっては前世万歳。ルイスに記憶があってよかったって結論になります。これからも美味しい料理を期待していますね！」

「っ！」

何故かルイスが目を大きく見開き、私を見た。何も言わず、ただ私を凝視してくる。

その様子がどうにも気になり、声をかけた。

「ルイス？　どうしたんです？」

名前を呼ぶと、彼はパチパチと目を瞬かせた。そうして慌てたように首を横に振る。

「い、いや、なんでもない……」

「？　そうですか。それならいいんですけど」

「……あ、ああ」

曖昧に頷く彼。その耳がほんのり赤くなっていることに気づき、私は首を傾げた。

――なんで赤くなっているんだろう。

照れるようなこと、何もなかったと思うのだけど。

「ロティ」

何かあったかなと考えているうちにすっかりいつも通りに戻ったルイスが立ち上がり、私の側にやってくる。

「はい、どうしました？　ルイス」

わざわざ立ち上がった理由が分からず、思わず紅茶のカップを見る。まだお茶は入っており、給仕に来たわけではないということは分かった。

「？」

不思議に思いつつ、彼を見る。私のすぐ側にやってきたルイスはじっとこちらを見つめてきた。深い紫色の瞳が私を覗き込んでくる。その紫に吸い込まれてしまいそうな、そのまま彼に捕らわれてしまいそうな、そんな気がした。

――わ、私、今、何を考えた？

馬鹿げた思考を振り払う。混乱する中、なんとかいつも通りの顔を作り、声をかけた。

「な、なんですか？　黙ったままでは分かりませんよ」

このいたたまれない雰囲気をどうにかしたくてわざと大きめに声を出す。

なんだか自分が下手くそな道化のように思えてきた。

――で、でも、なんか変な雰囲気なんだもの。

この場にはカーティスもアーノルドもいるのに、まるでふたりだけしかいないような感じがひどく居心地が悪かった。

この妙な雰囲気をなんとか打開したくて、頼むから何か喋《しゃべ》って欲しくてルイスを見る。

ただじっと私を見つめていただけだったルイスがふっと息を吐き、ようやく言葉を発した。

「……いや、こういう経験は初めてだったが、存外悪くない、というか良いものだと思って」

「え？」

ルイスは何を言っている？

彼の言う言葉の意味が全く分からなかった。戸惑う私にルイスが笑みを向けてくる。その微笑みは、今まで見たものの中で一番綺麗で、私は目が離せなかった。

「あ……」

「ありがとう、私の話を信じてくれて」

「……」

ルイスの手が伸び、私の頭を優しく撫《な》でる。その手つきが、まるで大切なものを愛《め》でるようで、どうしてそんなことをされているのかさっぱり分からなかった。

「え、えっと」

「また、新作を作ってやる」

「っ」

パッと顔を上げ、彼を見る。ルイスが顔を近づけてきた。思わず目を瞑ると、額に濡れた感触。

「え」

額にキスをされたのだと気づいた時にはすでに彼は離れていた。

――キス？　どうして？

一体、何がどうなったらキスなんてされるのか。

自分に起きた出来事が理解できなくて、呆然とする。だが、すぐに我に返った。

――え、えーと……そ、そうか。今のは親愛のキス！

間違いない。

今のキスは、きっとルイスのお礼的なものだ。

だって彼はさっき『信じてくれてありがとう』と言っていた。キスはそれに付随したものなのだ。

どうしてわざわざキスをしてきたのかは分からないが、額や頬なら家族内でもよく行われる。決して珍しくはない。

私はルイスを家族のようだと思っているし、彼もそうだと考えれば……普通にアリだ。

「ロティ？　どうした？」

動揺していた私にルイスが声をかけてくる。その表情も口調もいつものもので、なんだかとてもホッとした。

「な、なんでもありません。えと、新作、嬉しいです。次はどんな料理なんですか?」

「そうだな。せっかくだから変わったものを作ろうか。……『ラーメン』なんてどうだろうな」

「『らーめん』……ですか?」

「いや、ラーメンだ。少し発音が違うな」

「ラーメン……」

これまた聞き慣れない響きだ。一体どんな料理だろう。ルイスが楽しげにラーメンの説明をするのを聞く。彼の話に相槌《あいづち》を打ちながら、私はまだ見ぬラーメンにすっかり心を奪われていた。

「ルイス、あの花の葉って実は食べられるって知ってましたか？」

「ほう？」

「サラダにすると最高なんです。今度是非、試して下さい」

「ああ、そうしよう」

間章　アーノルド

◇◇◇

――ああ、鬱陶しいな。

ふたりがイチャイチャする音が聞こえてきそうだ。

そんなわけはないのだが、そうとしか言いようのない目の前の情景から僕はそっと目を逸らした。

隣にいる弟のカーティスが楽しげに言う。

「殿下、イチャつきすぎ。ウケる」

何がウケるのか。何も面白いことなどない。イライラしつつ、僕は言った。

「鬱陶しいの間違いでしょう。はあ……僕たちがいることを忘れているのでは？」

「忘れてるんじゃなくて、気にしてないだけじゃね？」

「……」

同意するしかない答えが返ってきて、口を噤《つぐ》んだ。もう一度、殿下たちを見る。

館の前庭を散歩しようというふたりの護衛についてきたまではよかったが、彼らは終始イチャイチャとして鬱陶しいことこの上なかった。

殿下がシャーロット様の腰に手を回す。非常に距離が近い。だがシャーロット様は気にした様子もなく殿下の行動を受け入れていた。

カーティスが真顔でふたりを指さす。

「なあ、アーノルド。あれで恋人同士でないって知ってた？」

「知ってますよ。殿下はシャーロット様に何も言っておりませんし、シャーロット様は殿下に対して恋愛感情を抱いているわけではありませんからね。あのふたりは利害が一致したから婚約しただけの関係ですよ」

「そう見えないところが面白いよねえ」

「面白くありません」

小さく溜息を吐く。

全く、面倒なことになったものだ。

つい最近まで、殿下のシャーロット様への気持ちは、家族……妹へ向けるような優しいものだった。王子である自分の世話を受け入れてくれ、作ったものを美味しそうに食べてくれる可愛い妹。シャーロット様の方も殿下のことを兄……いや、あれは母と言った方がいいのか、とにかく家族のように思っていた。

ふたりは互いに相手を家族として受け入れており、このまま穏やかに結婚へと向かうのだろうと僕もカーティスも考えていたのだけれど。

それが予想外の方向に動いたのは、少し前、殿下がシャーロット様に『前世の記憶がある』と告白してからだ。

殿下は幼い頃から、『自分には異世界で過ごした記憶がある』のだと周囲に訴えていた。だが、当然のことながらその主張が受け入れられるはずもない。

父親である国王に『世継ぎの王子がそのような妄言を吐くべきではない』ときつく窘められてから は一言も口にしなくなったし、あれは一時の気の迷いだったと処理されているから皆は知らないが、殿下の側仕えである僕やカーティスは、殿下がいまだ本気で自分は『異世界転生した』と思っていることを知っている。

カーティスなんかは素直なところがあるから、そこまで言うのなら本当なんだろうと殿下の話を信じているが、なんでも疑ってかかってしまう僕なんかは眉唾だと思っている。

だって異世界転生なんてあまりにも馬鹿げている。まともな感性を持つ者なら、誰が信じると言うのか。

殿下にもそれははっきりと言ったし、彼からはそれでいいと言われている。

変に同調されるよりマシだということだが、殿下の考えがたまに分からない時がある。

まあ、彼が仕えるに足る人物であると知っているので、それ以外のことはどうでもいいのだけれども。

とにかく、家族として婚約者に対して接してきた殿下だったが、あの日、シャーロット様に前世の話を告白してから彼は変わった。

今までにはなかった熱を帯びた眼差《まなざ》しに、彼女だけに向けられる優しげな表情。そのどれもが彼が恋をしていると証明するようなもので、僕としては彼が婚約者を『女性』として愛せたことをよかったと思うと同時に、面倒臭いことになったものだと思わずにはいられなかった。


だって多分、殿下の愛は重い。


家族であれば笑える程度で済んだであろう相手に対する執着や愛情。それらが『恋』を向ける相手となればどうなるか。

彼はずっと、己を否定され続けてきた人だ。

『前世』を語り、それを『妄言』だと断言され、二度と言わないようにと言われてきた。

それを間違っているとは思わない。我が国には王子がひとりしかいない。そのたったひとりの世継ぎの王子に『異世界転生した』なんて言われては国として困るのである。

頭のおかしい王子、などと変な噂でも立てられたら……想像しただけでもゾッとする。

だから前世話を封印させた国王たちは正しかったと今でも思うのだが、それにより、彼が本音をあまり語らないようになったのもまた事実だった。

仕方ないこととはいえ、まるで臭いものに蓋をするかのような態度に、殿下は確かに傷ついていたのだ。

心の内を明かさないようになった殿下。外面はいいものの、己の考えをほとんど見せなくなった彼に焦ったのは国王だった。

今回、婚約に殿下の意志が強く反映されることになったのは、彼の閉じられてしまった心を少しでも開かせるチャンスにしたいと国王が願ったから。そしてその願いは少しは叶えられたのかもしれない。

殿下の意志を最大限に尊重された婚約を、彼は非常に喜んだのだから。

そんな、カーティスという例外はいるが、誰も——僕ですら信じきれない、皆が腫れ物に触るような扱いをする転生話。

その話を、殿下は『伴侶になるから』という理由で婚約者のシャーロット様に打ち明けた。

打ち明けてしまったのだ。

殿下はその時、ずいぶんと軽く話していたように見えたが、あれは相当緊張していたのだと思う。

僕たちだってギョッとした。何故言うんだと、やめておけと彼に飛びかかり、口を塞ぎたくなった。だが、時すでに遅し。『転生』という言葉は投げかけられてしまった。

将来殿下の妻となる女性が、彼の話をどう受け止めるのか。

緊張どころではない。

一秒が一時間にも感じた瞬間だった。

もしこれで、『殿下は頭がおかしい』と思われて、距離を取られでもしたらどうするつもりなのか。殿下も傷つくだろうし、誰も幸せにならない愚かすぎる結末だ。

どうすればいいのだろう。今からでも「これは殿下、一流の冗談だ」と言えばいいのか。焦る僕らの気持ちも知らず、キョトンとしたシャーロット様は、驚くことに殿下の告白を実にあっさりと受け入れた。

こんな料理が作れるのだからそれくらい起こり得るだろう、むしろ納得だと、そう言って笑ったのだ。

確かに殿下の作る料理は、この国にはないものばかりで、それが証拠になると言われればそうかもしれない。だけど、だとしてもそう簡単に頷けるものだろうか。

少なくとも僕には無理だ。それはそれ、これはこれと思ってしまう。

だからこそ、殿下の話をまるっと受け入れてしまった彼女のことが信じられなかった。

そして、殿下が彼女に『堕《お》ちる』瞬間を目の当たりにしながら、これはある意味しょうがないのかもしれないとも思っていた。

自分の言葉をありのまま受け入れてくれた存在。そんな彼女に恋をするなと言う方が無理に決まっている。幸いなことにシャーロット様はすでに殿下の婚約者だ。殿下が彼女に恋をすること自体に問題はない。

ただ、彼女の方はどうだろうか。

相変わらず彼女は殿下の作る料理にしか興味がなく、殿下へは『母』であるかのように甘え、接している。

シャーロット様の思いは『母への甘え』。それに対して、殿下の思いは『相手の全てを自分のものにしたい愛』。

ふたりの思いは全く種類の違うものだ。

一見、イチャイチャしているようにしか見えない今の光景は正しく分析するならそういったところだろう。

殿下の様子を見ていたカーティスが顔を顰《しか》める。

「わ……殿下の目、キッツー。あんなドロドロの欲望に満ちた目を向けられて気づかないとか、可哀想《かわいそう》すぎない？　あの子」

「別に婚約者なのだから構わないでしょう」

「え？　さっき面白くないって言ってなかった？」

「言いましたよ。面白くありません。どちらかというと面倒だと思っています」

「面倒？」

「互いの気持ちが釣り合っていないどころか、向いている方向が違うんですよ？　面倒以外の何ものでもないでしょう」

「あー……」

僕の言葉に、カーティスは納得という顔をした。

「明らかに殿下の方が重いもんね」

「それに対して、彼女の方は完全な家族愛。このまま何事もなければ僕だって勝手にやれと思いますが、変なところで拗れてしまっては困ります」

「うん、それは面倒だし、絶対にかかわりたくない」

「でしょう？」

ふたりに視線を移す。殿下とシャーロット様はまだイチャイチャとしていた。

髪に花びらがついていたと、殿下が彼女の頭に触れる。

彼女は焦ったように、でも嬉しそうにお礼を言っていた。

「あっま。何、あの殿下の顔」

うええと舌を出すカーティス。残念ながら僕も同感だ。

溜息を吐いていると、殿下とシャーロット様の話し声が聞こえてきた。

「ルイス、今日の晩ご飯はなんですか？」

「はは、君はいつもそれだな。そんなに私の作る料理が好きか？」

「はい、大好きです」

キラキラとした笑顔で殿下に答えるシャーロット様。殿下は嬉しそうにしているが、その大好きは料理に対して向けられたもので決して殿下本人に向けて言われたものではないということに気づいているのだろうか。

「夕食のリクエストはあるのか？」

「いいんですか？　私、できればまた茶碗蒸しが食べたいです」

「またか？　この間も作っただろう」

「ルイスの作る茶碗蒸し、すごく美味しくて……できればまた食べたいなって」

お願いというように上目遣いで殿下を見るシャーロット様。彼女に惚れている殿下がその攻撃に逆らえるはずもなく、殿下はあっという間に撃沈していた。

ほんのりと頬を染め、わざとらしく咳《せき》払いをする。

「い、いいだろう」

「わあ、ありがとうございます」

「殿下、よえー……」

隣でカーティスがボソッと呟いたが、僕も全くの同感だった。

ふたりで渋すぎるお茶を飲んだ時のような顔をしていると、殿下たちは散歩を終わらせることに決めたのか、館の方に向かって歩き始めた。慌ててその後を追う。何もなくても僕たちは護衛として側にいるのだ。置いていかれるわけにはいかない。

すぐ後ろにつくと、殿下が甘い笑みを浮かべながらシャーロット様と話しているのが聞こえた。

「よければ、厨房に来るか？　味見をさせてやるが」

「行きますっ！　あ、でも、最近毎日のように厨房にお邪魔して、迷惑ではありませんか？」

「迷惑なものか。君がいてくれると、料理をする楽しさが倍増する心地だ」

「ルイスってばお上手ですね。でもそう言ってもらえると嬉しいです」

シャーロット様が笑顔になる。

殿下の今の言葉は社交辞令でもなんでもなく、単なる本心だ。好きな女性にいつも側にいて欲しいというそれだけの話。

シャーロット様は全く気がついていないようだけれども。

ふたりは仲良く話を続けながら厨房に入っていった。僕たちもその入り口に陣取り、引き続き護衛の任を果たす。だが、ふたりの会話が甘すぎて、できれば声が聞こえない位置まで移動したいと思ってしまった。料理をしながらも、イチャつきは止まらない。

「ほら、味見だ。口を開けてみろ。あーん」

「あーん。あ、美味しい」

——僕は何を見せられているのだろう。

ついに、食べさせ合いまで始めてしまった。

味見と称してはいるが、絶対にあれは不必要な行動である。ただ、『あーん』をやりたいから、あんなことをしているだけなのだ。

それが分かるだけに、なんとも言えない顔になる。

「うまかったか。よければもうひとつどうだ?」

「あ、いただきます!」

今度は自分から口を開けるシャーロット様。給餌行動をされていることを全く恥ずかしいと思っていない……いや、あれは自分が何をさせられているのか気づいていないだけだろう。そんな感じだ。

これで「何をしているんですか」と突っ込みのひとつも入れれば、今度は殿下から余計なことをするなという氷の視線が飛んでくるのだろう。分かっているだけに、放っておくしかない。

「……はあ」

殿下たちには聞こえないように溜息を吐く。だが、片割れには聞こえてしまったようで、視線を向けられた。

「ん？　アーノルド、どうしたの？」

「いえ……まさか殿下があいう風になるとは思わなかったので。……この方ならと思い、ここまでついてきましたが、僕としたことが間違えましたかね」

「別に間違えてはないんじゃね。殿下はあのクソ野郎とは全然違って、あの子にすっげー優しいし。気持ち悪いし甘すぎて見てられないって思うけど、別に殿下が変わったってわけじゃないなら、いいんじゃね」

「……ま、確かにあなたの言う通りですね。見切りをつける必要はない、ですか」

「少なくともオレはそう思うよ。それにさ、実際の話、他に碌なのいないじゃん。殿下が一番マシ」

「そうですね。ええ、それでは引き続き殿下の忠実な騎士として頑張りましょうか」

「だねー」

僕たちの目的のために。

僕たちは、幼い頃からとある目的を持って行動している。その目的のためなら誰を蹴落とそうが構わないと思っているし、それがたとえ仕えている殿下であっても必要であるのならやってみせると決意している。

まあ、今のところその必要はなさそうだけれども。

殿下は恋をして少々おかしくはなったが、好きになった理由は十分すぎるほど理解できるし、彼女のこと以外に関しては何も変わっていない。昔、僕たちが判断した通りの『未来に希望が持てる王子』のままだ。

だからまあ構わないといえば構わないのだが……。

見ないようにしていた殿下たちにチラリと視線を向ける。瞬間、やめておけばよかったととてもとても後悔した。

「今度は私にも食べさせてくれないか？　ほら、両手が塞がっているから難しいんだ」

「いいですよ。はい、あーん」

「……僕たちは一体何を見せられているのでしょうね」

乾いた声が出た。カーティスも似たような温度で返してくる。

「バカップルのイチャイチャ？」

「だから、まだあれ、付き合っていないんですってば。少なくとも片方は家族愛みたいなものなんですよ」

「……じゃあさ、本当のカップルになったらどうなるわけ？　もっとすごくなるの？　オレ、勘弁して欲しいんだけど」

「……」

考えたくなくて無言になる。

気づけばまたイチャイチャとし始めるふたりを見て、妙な虚無感に襲われるのはもう仕方のないことなのかもしれないと思った。

第三章　ちょっと魔が差しただけなんです

ルイスに『異世界転生をした』と告白されてから少し過ぎた。

あれから、何かが変わってしまうのだろうかと実は少しだけ気にしていたのだがどうやら杞憂《きゆう》だったらしい。私たちは以前と変わらず良好な関係を保っていた。

いや、変わらずというのは語弊があったかもしれない。彼の抱えていた秘密を知って気持ちが近づいたからだろうか、ルイスとの距離がこうグッと物理的にも近くなったような気がするのだ。

ルイスは以前にも増して私の世話をしたがるようになり、気づけば彼が館にいる時はほぼ全ての時間を共に過ごすようになった。

まさにおはようからおやすみまでだ。

朝は彼の声で目覚め、彼の用意してくれたお茶を飲んで、彼の選んだドレスを着て、彼が作った朝食を食べる。

そのあと、彼が城に行かない日は、午前の散歩に一緒に出かけ、屋敷に戻ってからは一緒に厨房へ行き、彼が昼食を作るのを見守る。

ルイスが料理をしている過程を見るのは楽しいし、私も暇を潰せる。それに厨房にいると味見をさせてくれるのだ。

味見。美味しいものに目がない私が、ルイスの味見係という素晴らしい役目を無視できるはずもなく、昼のみならず最近は夕食を作る時もお邪魔している。

結果として、かなり長い時間を一緒に過ごすことになっているが、特には困らない。

話題はいくらでもあって、気づけば時間が過ぎているのが常だからだ。

彼が作る未知の料理の話をしたり、私がこれまでに食べてきた美味しかったものの話をしたり。

最近ではルイスが前世で生きていたという『異世界』について話すことも増えた。

日本という名前のついたその国の話は、私にとってはお伽噺《とぎばなし》のようで、いくら聞いても飽きないのだ。

彼も日本のことを話すのが嫌ではないようで、聞けば快く教えてくれる。

異世界にあるという日本。私は今日もルイスに日本について聞いていた。

「ルイス、日本には魔法がないって本当ですか?」

私たちが生きるこの世界には魔法という概念がある。魔法は日常生活にまで浸透していて、使えなければ普通に困る。極端な話、魔法が使えなければ、灯りひとつ灯せないのが、この世界での常識なのだ。

その魔法がない世界。どうやって暮らしているのか、興味が湧くのも当然だった。

私の疑問を聞いたルイスが懐かしげな顔をする。

「ああ、本当だぞ。それこそ向こうでは魔法の方こそがお伽噺、あり得ないものという扱いだった。

その代替として、科学が発達していてな。『電気』や『ガス』などが魔法の代わりをしていたんだ」

「『でんき』？　『がす』？」

知らない言葉だ。ルイスと話していると、未知の言葉がたくさん出てくる。それを説明してもらうのはとても楽しい。

ルイスが「うーん」と言いながら天井を見る。

「説明するのはなかなか難しいな……。私も、考えながら使っていたわけではないから……」

時折ルイスはこんな風に考え込んでしまう。

異世界の仕組みを聞いた時とかに多く、だが確かに私もたとえば『魔法』について詳しく教えろと言われても困ってしまうからそんなものなのかもしれないと思っていた。

その道の専門家でもない限り、詳しく説明しろと言われても難しいのだ。何せ、日常にあるものというのは、普段何気なく使っていて、それがどこから来たものかなんて考えもしないのが普通だから。

「難しいのなら無理にとは言いません。私もちょっと聞いてみただけですから。それに私はやはり異世界の料理の方が気になります。そちらの方を教えていただけませんか？」

「ああ、君が望むのなら」

ルイスが微笑む。

私が一番興味があるのは、もちろん異世界の料理についてだ。

ルイスに教えてもらったのだが、彼がよく私に作ってくれる『日本料理』。それは日本の料理というだけで、他にもたくさんの種類の『料理』があるのだとか。

「国によって色んな食がある。『中華料理』や『タイ料理』『スペイン料理』『フランス料理』など。私が知っているのはそのごく一部でしかない」

「……すごいです」

彼の話を聞けば聞くほど、私は彼の話す『異世界』、そして『日本』に夢中になっていった。たくさんの見知らぬ料理がある世界。

その話を聞くのが最近の私の一番の楽しみだ。

「ルイスの話はいつも楽しくて飽きません。次は中華料理について教えて下さいね」

「……ふむ。それなら次は『麻婆豆腐《マーボー》』でも作ってみるか。実際の中華料理を食べながらの方が分かりやすいだろう。調味料が揃いきらないから『よく似たもの』になってしまうが、こういうものだという雰囲気くらいは伝わると思うし」

「いいんですか？　楽しみです」

ルイスの口から出た、新たな料理名に心がときめく。また未知の料理を食べさせてもらえるのだと思うと嬉しくて仕方なかった。

ニコニコとしているとルイスが言う。

「しかし君は、本当に私の前世の話を信じてくれているのだな。まさかここまで忌避せず日本の話を聞いてくれるとは思わなかった」

「あ、すみません。もしかしてお嫌でしたか？」

ついつい楽しくて根掘り葉掘り聞いていたのだが、ルイスにとってはかなり繊細な話で、なんなら聞かれたくない話題だったのかもしれない。もしそうだとしたら、私はものすごく失礼なことをしていたという話になる。青ざめながらも尋ねると、彼は「いいや」と緩く笑って首を横に振った。

「私にとって日本での日々は懐かしいと思いこそすれ、嫌なものではないから、むしろ聞いてくれる人がいて嬉しいと思っている。……今までは誰ひとり積極的に日本の話を聞こうとはしなかったからな」

「……そうなんですね」

「まあ、異世界転生なんて頭がおかしいの極みだからな。そんな話を自分からしたいと思うはずもないだろう」

「……」

それは否定できない。

私も彼の料理を知らなかったら、きっと信じなかったと思うから、その点については何も言えなかった。

黙っていると、ルイスが苦笑する。

「気にしなくていい。私だって、同じように思うだろうからな。それに、今は君という理解者がいる。君が私の話を信じて、楽しげに聞いてくれるだけで私はずいぶんと救われているんだ」

「……はい」

「だから遠慮なく聞いてくれると嬉しい」

「はい」

力強く頷く。

私が異世界の話を聞くことで、彼が喜んでくれるのならいくらでも話を振ろう。私もルイスの異世界話（主に料理）について聞きたいことはたくさんあるし。

だけどひとつ、私は気になっていることがあった。

「ルイス、私、邪魔じゃないですか？」

話をするのは楽しいからいい。だが最近、あまりにも一緒にいすぎではないかと思ったのだ。

用事がない限りはそれこそ四六時中一緒。もう少し、お互いの時間を大切にするべきではと考えたのだが、ルイスは否定するように首を横に振った。

「邪魔？　とんでもない。私としてはもっと一緒にいたいところだ」

「もっと……？　これ以上は難しいと思いますけど」

予想と違う答えが返ってきてギョッとした。

館にいるほぼ全ての時間を一緒に過ごしているのに、これ以上とか。

――いやいや、さすがに無理でしょう。

だが、ルイスは納得できないようで首を傾げている。

「そうか？　まだ他にもあるだろう？　たとえば風呂とか」

「え、ルイス。もしかしてまだお風呂の世話を狙っているんですか？　さすがに頷いたりしませんよ？」

諦めたと思っていたのに、どうやらそうではなかったらしい。

ルイスに譲歩し、かなりの世話を任せてしまっている現状ではあるが、風呂と洗濯だけは譲るつもりはない。

私はルイスのことを母親のように思ってはいるし、家族愛を抱いている。だがしかし、彼が男性であるということも分かっているので、最後の砦《とりで》だけは守らねばと決意しているのである。

私の言葉を聞いたルイスがいかにも不服ですという顔をする。

「別に気にする必要はないだろう。私たちは婚約者で、将来は結婚するわけだし。世話をする時期が少し早まるだけなのだから、今からでも……」

——あっ！　アウト！

その言葉から、ルイスが最終的には全ての世話をする気だと察した。

譲ってくれるのは今だけらしい。なんということだ。

しかし結婚してしまったあとではきっと断れないのだろう。結婚しているのだから構わないだろうと押し通される未来しか見えなかった。

そしてそう言われた私がどう答えるか、いやどう答えさせられるのか……それは火を見るより明らかだ。

——う、うう……。

諦めが肝心という言葉が頭の中をグルグルと回る。私は世にも情けない顔をしながらルイスに言った。

「……勘弁して下さい。うう……少なくとも結婚するまではこのままでお願いしたいです」

現状、これが最善の答えだと思う。

結果が変えられないのなら、せめて少しでも後回しにしたい。

妥協に妥協を重ね、そう答えた私に、「ではその時を楽しみにしていよう」と笑ったルイスは誰がどう見ても王子様な笑みを浮かべていた。言っていること自体はとても残念なのだけれども。

そんな感じで、私たちはとても良好な関係を保ち続けている。

毎日のご飯も美味しいし、ほとんど不満もない。だが、最近私は非常にストレスを感じ始めていた。

「……うう。町で買い食いがしたい……」

つまりはそういうことである。

元々私の趣味は『食べ歩き』だ。王都を彷徨《うろつ》き、美味しい店を巡る。それこそが私の楽しみ、生きがいと言っていい。

その生きがいを、ルイスと婚約してからというもの一度もしていないのである。

何せ私は城内にある館で暮らしていて、なかなか外へは出られない。しかもそこではルイスが前世の知識を利用した未知の料理をこれでもかというほど披露してくれるのだ。

外に出たいなという気持ちはあっても、未知の料理の方に心は傾き、気づけば何カ月も町に出かけていない……なんて事態になっていたのである。

「これはいけない。駄目だわ……」

窓から前庭を眺めながらひとり呟く。

己の原点ともいうべき食べ歩きを怠っていたとは恥ずかしい限りだ。

日々の記録をつけている日記帳を見ても、書いてあるのはルイスの作る料理のことばかりで、いかに私が外に目を向けていなかったかが窺えた。

「……」

時計を確認する。

時間は午後。ルイスはアーノルドと一緒に城に行っており、今館内にいるのは私とカーティスだけ。

「よし、決めたわ」

決意し、意気揚々と衣装部屋に向かった。片づけてある服を確認し、一番動きやすそうなものに着替える。所持金（初日の荷物に父が入れておいてくれたもの）から必要なだけを取り出し、準備を済ませ……ふと思った。

「一応、手紙を残しておいた方がいいかしら」

いると思っていた私が留守だと知れば、ルイスは驚くだろう。

できるだけ早く帰ってくるつもりではあるが、最近ルイスは城に出かけてもすぐにこちらに戻ってくることが多い。

行き違いになった時に吃驚させないためにも書き置きを残していく必要はあると思った。

チェストの中から新品のレターセットを取り出し、簡単に事情を説明する。

「ええと……町に出て、食べ歩きを楽しんできます。夕食の時間までには戻ります……とこれでいいかな」

最後に自分の名前を書き、部屋を出る。

扉の前を陣取っていたらしいカーティスと目が合った。

「ん？　どっか出かけんの？」

「あ、はい。ちょっと町に行こうと思って」

「ふーん。何しに？」

「……食べ歩き、ですけど。駄目ですか？」

正直に告げる。カーティスは「ふーん」と言ったあと、「分かった。じゃ、オレもついていくね」と頷いた。

「え」

「え、じゃないよ。当たり前でしょ。オレ、あんたの護衛をしろって殿下に命令されてるんだから。ひとりで行かせた日には、職務放棄だって怒られるって。それにあんた、あんまり自覚ないようだけど、殿下の婚約者だからね？　ふらふらとひとりで食べ歩きとか、無理でしょ。できると本気で思ってた？」

「……そうですね」

確かにカーティスの言う通りだ。

今の私はルイスの婚約者という立場がある。以前と全く同じようにできないのは当たり前だ。

「分かりました。では、護衛をお願いできますか？　申し訳ありませんけど」

「それが仕事だからいーよ。で？　殿下には言ってあるの？　出かけるって」

「今思いついたので言ってはいませんが、書き置きは残してきました。……カーティス様と一緒だということを書き足しておきます」

「そうして」

部屋の中に戻り、追伸としてカーティスがいることを付け足す。羽根ペンを置き、もう一度しっかりと内容を確認してから彼のもとに戻った。

「お待たせいたしました」

「別に待ってないけど。じゃ、行こうか。夕方には戻るんでしょう？」

「はい、その予定です」

カーティスと連れだって館を出る。心は久々の食べ歩きに。

ルイスが私の留守をどう思うかなんて全く考えていなかった。

間章　ルイスフィード

「……疲れた」

馬車に乗り込み、溜息を吐く。私の向かい側に座ったアーノルドが苦笑した。

「お疲れ様です」

「ああ、本当にな」

ロティと婚約し、館に移り住んでから、私は週に一度ほど城に呼び戻されていた。主要な大臣たちが集まり国の方針を決める大事な会議があるからだ。それに参加するのは王子の義務であり仕事。

己の責任を果たすことを嫌だと思うはずもないが、意味もなく時間を奪われるのだけは勘弁して欲しいところだ。即断即決できない大臣たちには、時折嫌気が差してしまう。

己の存在をアピールするだけの老害もいるし、そろそろ彼らを若手に一新できないだろうか。

「……ロティも首を長くして待っているだろうな」

私の帰りを自室で待っているだろう婚約者の姿を思い浮かべる。

それだけで、勝手に口元が緩んだ。

私の愛しい婚約者。

最初は、ただ条件に合致しただけの存在だったはずなのに、今では彼女以外は嫌だと思うのだから、変われば変わるものだ。そして、そんな自分も悪くないと思うことに一番驚いていた。

――私には、前世の記憶がある。

ここではない異世界。日本という国で生きた記憶を持って、私という存在は生まれてきた。

日本における私はただの一般人。王子なんて大層なものではなかった。

ただ、人の世話をするのが好きだった。家事全般、その中でも特に料理が好きで、いつか恋人ができたら、その時は思いきり世話を焼いて甘やかしてやるんだという野望を持っていた。

愛する人の世話をすることは、私には何よりも代えがたい喜びだと考えていたからである。

結果だけを言うのなら、私は己の夢を叶える前に死んだ。

死因などどうでもいい。とにかく私は死んだ。そして何故か異世界に生まれ変わってしまったのだ。第一王子という、どう考えても権力のほぼ頂点にいるとしか思えない存在に。

その事実に気づいた時は、本気で絶望した。どうして私が、と心から嘆いた。それは何故か。

王子というのは人を世話するのではなく、世話をされる側の人間だからである。

いっそのことどこかの家の使用人の子供として生まれた方が私には幸せだっただろう。

人に傅《かしず》かれる生活は己の立場を考えれば仕方なかったが、元来人の世話をするのを好む私には、かなりつらいものがあった。

世話をさせて欲しいと言っても当たり前だが頷いてもらえない。何を馬鹿なことをという顔をされるだけだ。

前世の記憶があると正直に告げたこともあったが、頭がおかしいと思われるから二度と言うなと釘を刺されてしまった。……まあ、分かる。

異世界で生きていた記憶があるなんて告白されたら、私でも同じことを思うだろうから。

だからそれ以来全部に蓋をして、仕方がない、仕方がないと我慢を重ねて生きてきた。

そうして今から一年ほど前、父に呼び出されて告げられたのが『婚約』だった。

王子という立場にある自分が、結婚を早期に求められることは分かっていたし受け入れていた。

少し前、父には妻となる女性にならば世話を焼いてもいいと言われていたからだ。自分が世話をしてもいい女性。正直に言えば、楽しみにしていた。

とはいえ、その相手は自分の思う通りにならないとも分かっていたけれども。王族の結婚とはそういうものだからだ。だけど父に言われた。

「可能な限りではあるが、お前の希望を聞く」

と。

本当だろうかと疑いつつも、気づけば口を開いていた。

望んでもいいのなら、好き嫌いがなく、たくさん食べてくれる女性がいいと。

私が作る料理を笑顔で完食してくれるような人ならきっと愛せるに違いないと思ったからだ。

他にも条件はつけたが、大体はそんな感じのことを口にしたように思う。

駄目元だった。叶えられるとも思っていなかった。だから好き放題に言ったのだ。だが、意外にも父は頷いてくれた。

少し待っていろと、お前の望みを最大限叶えると言ってくれたのだ。

そうして引き合わされたのがロティだった。

ふわふわした銀色の髪。可愛らしい顔立ちの彼女は、驚いたことに私の理想通りの女性だった。

好き嫌いがなく、なんでもたくさん食べてくれる。

正直に言えば、最初にクッキーを食べてもらった時にはすでに惹《ひ》かれていたのだ。女性にはあまり見られない食べっぷりに惚れ惚れした。そしてそのあと、どう反応してくれるかと期待半分で出した夕食のオムライス。

大きなオムライスを心底美味しそうに頬張ったロティの姿を見て、彼女を婚約者にと選んでくれた父に心から感謝した。

私が求めていたのは彼女だと確信した。この時点ですでに、私は彼女以外は考えられないと思っていたのだ。

そうして始まったふたりの生活に私は至極満足していた。

彼女は私の作る料理に夢中でいつだって笑顔を向けてくれたし、私の世話もちょっと困った顔をしつつも受け入れてくれた。私もようやく叶えられた望みを大いに満喫した。

そしてロティに対し、婚約者というより妹のようだと、家族愛に近い感情を抱き始めていた。

だが、その気持ちもすぐに恋愛感情へと変化した。

それは私が、彼女に『異世界の記憶を持つ』と告白した時だった。

彼女にそれを告げるかどうかはかなり迷ったのだが、ロティは今後の人生を共に生きる女性だ。

夫婦間で秘密はよくない。友人でさえ些細な秘密が大きな亀裂へと繋がることもあると、私は前世の経験から知っていた。だから、妻となる彼女にだけは真実を話しておいた方がいいだろうと、そう判断したのだ。そして、言うなら早めの方がいいと思った。

傷つくのなら傷が浅いうちに。幸い、否定されることにも笑われることにも慣れている。

そうして何気なさを装って告げた告白だったが、驚くことに彼女は私の言葉を疑うことなく受け入れた。

嘘だろうと思った。だって、今まで散々信じられないと撥《は》ね除《の》けられ続けてきたのだ。

私は、彼女に頭がおかしいのではないかという目で見られることさえ覚悟していたというのに、素直に受け入れる？　あまりのことに吃驚したが、彼女の話を聞けば納得はできた。

誰も知らない日本料理や新しい調味料を作ることができるから。それは普通にはあり得ないことで、だから異世界の記憶があると言われた方が頷けるのだと。

なるほど、理由としては理解できるし、食を愛する彼女らしい判断基準と思えた。

ああ、いや。取り繕うのはやめだ。正直に言おう。

私は、嬉しかったのだ。ロティが私の話を信じてくれたという事実が、どうしようもなく幸せだった。

否定されなかった。それだけでも満足だったのに。彼女は私を受け入れてくれたのだ。

極めつきがあの言葉だった。

「――つまり私にとっては前世万歳。ルイスに記憶があってよかったって結論になります。これからも美味しい料理を期待していますね！」

あれは衝撃だった。本気で泣いてしまうかと思った。

記憶があってよかったなんて、今まで一度も言われたことがなかった。

これまでにロティの他にも前世話を信じてくれた者はわずかではあるが存在した。だけど、誰もそれをいいことだなんて言ってくれなかったのだ。皆、大変ですね。厄介なものを持って生まれてしまいましたねと同情してくるだけ。

全身を強く揺さぶられたかのような衝撃に目を瞑る。

その時にはもう、彼女に堕ちたのだと……恋をしてしまったのだと理解していた。

妹なんかではない。私は彼女を、今この瞬間、私の唯一無二の女性として愛したのだ。

残念ながら、ロティの方は私を家族のようにしか認識していないが。

幸いにも彼女はすでに私の婚約者。

これから彼女とゆっくり距離を縮めていけばいい。焦る必要はない。

今、私がしなければいけないことは、彼女の胃袋をしっかり摑《つか》み、彼女が私なしでは生きていけないように持っていくこと。

それは、婚約者を心ゆくまで世話したいと願う私の嗜好《しこう》ともぴったり一致していて、私は少しずつ彼女を自分に依存させるよう行動し続けた。

今や彼女は私の料理なしには生きていけないというくらいに、私に嵌まっている。予定通りではあるのだが、そろそろ料理だけではなく私自身も見て欲しいところだ。

私の愛も日々重さを増し、ひとりで抱えているのも限界がきている。ロティにはそれとなく態度で示すようにしているが、どうだろう。彼女は受け入れてくれるだろうか。

いや、婚約者なのだから受け入れてもらわなければ困るのだけれど。

だが、もう少し時期を見た方がいいかもしれない。できれば彼女の方から、「もしかして好かれているのかも」と気づいてくれるくらいに。

彼女がそれを聞いてきた時こそが、私が気持ちを告白するタイミングとしてベストだろう。

『もしかして』という下地が気持ちにある方が本気に取ってもらいやすい。せっかく告白しても、冗談として片づけられるのはごめんだ。

私は彼女に男として見られたいのだから。

「……殿下。着きましたよ」

「……ああ」

物思いに耽《ふけ》っていると、アーノルドが呼びかけてきた。どうやら館に着いたらしい。

馬車を降りた私は、早速ロティにおやつを作ってやるかと上機嫌で中に入った。

「ロティ！　帰ったぞ」

声を上げ、彼女の名前を呼ぶ。

……おかしい。返事がない。

いつもなら迎えに出てくれるロティの姿が見えないことが気になった私は、そのまま二階へと上がった。自室で昼寝でもしているのかもしれない。そう考えたからだ。

「……ん？　カーティスもいないのか？」

二階のロティの部屋の前。護衛を任せていたはずのカーティスの姿も見えなかった。あれはちゃらんぽらんな言動はあっても、仕事については非常に真面目な男だ。職務放棄なんてあり得ない。

私の後をついてきたアーノルドも不思議そうに言った。

「おかしいですね。カーティスもいないなんて」

「ああ。ロティ？　入るぞ」

普段なら返事を待つが、気が急《せ》いて待てなかった。

扉を開ける。ロティの姿は見えない。人の気配がなかった。靴音を響かせ、部屋の中に入る。

「……手紙？」

机の上。ロティが書いたと思われる手紙が置いてあった。急いで目を通す。

そこには、町に食べ歩きに出かけること。カーティスを連れていくこと。そして、夕食までには帰ることが記されていた。

「……は？　食べ歩き？　食べ歩きに出かけただと？」

手紙に書いてあることを理解した途端、ピキッとこめかみが引き攣った。

町に出かけるのは、百歩譲ってまあいいとしよう。カーティスをきちんと連れていったのだから、問題があるとも思わない。手紙も残していったことだし。だが、食べ歩きだと？

「……許せない」

自分でも驚くほど低い声が出た。だけど仕方ないだろう。

婚約が決まってから毎日、彼女に自分の作ったものを食べさせてきた。

今や彼女の身体を形作るものは、全て私の作った料理で構成されていると言っていい。そうなるように仕向けてきたのだし、そのことに深い満足を覚えていた。

なのに、食べ歩きだと？

その身体の中に、私の作ったもの以外の食物を入れるというのか。

それは絶対に許せない。

私はくしゃりと彼女の置き手紙を握り潰し、後ろに控えていたアーノルドに言った。

「……アーノルド、行くぞ」

「はい？　え、どこにです？」

「ロティを迎えに行く。今すぐにだ」

返事を聞かず、彼女の部屋を出る。信じられないほどの怒りが全身を覆っていた。

腸《はらわた》が煮えくりかえるとはこういうことを言うのかもしれない。

こんなに腹が立ったのは生まれて初めてだった。

彼女が、私以外が作ったものを口に入れると考えただけで激しい怒りが全身を支配する。

こんな簡単なことで人は怒り狂うのだと初めて知った。

「ああ……イライラする」

彼女のことは私が全部管理していたのに。

日々のカロリー計算だって完璧だ。食べさせすぎた時は運動と称して散歩だってさせたし、食事もデザートも栄養バランスを考えてきちんと作っている。

それなのに――ああ。

大切にしてきたことを全部台無しにされた気分だ。

「待っていろ、ロティ」

今すぐ連れ帰らなければ気が済まない。

湧き上がる感情のまま馬車に乗り、町へ向かうよう命じる。無意識に爪を噛んでいた。

沸々と煮えたぎる怒りを押さえつけながら私は、これはもう今日作る予定だったタルトを罰として取り上げるしかないなと思っていた。

彼女に反省させるのなら、これが一番効くはずだ。

間違いなくロティはショックを受けるだろうが、私だって傷ついたのだ。

それくらいはしても許されるだろう。いや、許されるはずだ。

「私を怒らせたのだから当然だな」

勝手に余所《よそ》で食事をしてくるなど言語道断。

ロティにはその辺りきっちり理解してもらわなければならない。二度とこのようなことがあっては困るのだから。

「……はあ。面倒なことに」

怒りに打ち震える私を見たアーノルドが至極面倒そうに溜息を吐いていたが、その態度が気に入らなかったので、思いきり足を踏んづけることにした。

第四章　食べ歩きは駄目なようです

カーティスを連れ、久々に町に出てきた私は、ウッキウキで露店巡りを楽しんでいた。

大通りにある広場にはいつもたくさんの露店が出ていて、非常に賑《にぎ》わっている。買い食いをしている人も多く、そこをグルリと一回りするのが私の普段のルートだった。

「あー……！　解放された心地！」

両手を思いきり広げ、ぐっと伸びをする。

なんて自由なんだろう。

久々に全てから解き放たれた気分だ。ここでの私はただのロティで、公爵令嬢のシャーロットである必要がないのが最高に好きだった。その感覚を思い出し、どんどん楽しくなってくる。

「もっと早く来ればよかった！　あ、おじさん！　久しぶり！　いつものチーズ、ある？」

今までに何度か買い物したことのある露店を見つけ、声をかける。よほど嬉しかったのか、声が勝手に弾んだ。

この店は外国産のチーズを取り扱っていて、私一推しの店なのだ。

店主が顔を上げる。その表情が笑顔になった。

「おっ、久しぶりだな、ロティ。最近お前さんの姿が見えないって皆、心配してたんだぜ」

「あはは……。ちょっと色々あって。でも、元気にしてたから大丈夫」

「みたいだな。顔色も良いようでホッとしたぜ」

言いながらチーズをカットしてくれる。

「ほらよ。ご所望の品だ」

「ありがとう」

渡してくれたのは、青い歪《いびつ》な形をしたチーズだ。

独特の匂いがキツいが、慣れれば癖になる味で、私はそれがとても好きなのだ。

一口サイズのそれをぽいっと口の中に放り込む。

数カ月ぶりに口にしたチーズはやはり美味しく、食べ歩きの楽しさを私に思い出させてくれた。

「あー……！　やっぱり美味しい～」

「そうだろう、そうだろう。うちのチーズは最高だからな。クラッカーと一緒に食べると美味しさは倍増だぜ。ロティが来なくなって皆しょんぼりしてたんだ。他の店も回ってやってくれ」

「もちろん！」

代金を渡し、クラッカーも受け取る。店主の言う通り、チーズと一緒に食べると幸せの味が広がった。

少し話してから店を立ち去る。次の目的地はパン屋だ。店で焼いたパンを露店で売っているのだが、そこで売られているラスクが絶品で私は大好物なのである。

「ラスクの大袋入り、ひとつ下さい！」

「ああ、ロティ！　久しぶりだねえ！」

ひょいと顔を出すと、店番をしていた女性が歓迎してくれる。お金を払い、ラスクがたっぷり入った紙袋を受け取った。ここのラスクは食パンではなく、店オリジナルで作ったパンで作られているのだ。サクサクとした食感がとても美味しい。

「この味が食べたかったの……はー、美味しい……！」

早速、袋の中から一枚ラスクを取り出し、囓る。

貴族としては行儀が悪いと眉を顰められる食べ歩きだって、ここではそれが常識でありマナーだ。歩きながらラスクを頬張っていると、ついてきたカーティスが呆れたように言った。

「マジで町に馴染んでんじゃん。平民みてえ。もしかして、普段からよく来てたわけ？」

「えっと、はい。食べ歩きは趣味ですからね。以前はかなりのペースで来ていましたよ」

それが数カ月も姿を見せなかったのだから、皆が心配するのもある意味当然。元気だということをアピールするため、私はよく行っていた店を中心に回り、楽しく買い物をした。

皆、気のいい人たちで、私が顔を見せると、元気そうでよかったと喜んでくれる。

「久々に出てきたけど、やっぱりよかった。これからはまた顔を出せるといいなあ」

大体の知り合いに挨拶を済ませ、少々疲れた私は広場の中央にある噴水の縁に腰かけた。

手にはまだラスクの入った大袋を持っている。他にも色々買ったが、それはカーティスが持ってくれた。私が両手で荷物を抱えているのを見て、さすがに放っておけないと助けてくれたのだ。

そういうところ、やはり騎士なのだなと思う。

そのカーティスだが、私の前に立つと、「あのさあ」と微妙な顔をしながら話しかけてきた。

「多分、その食べ歩き？　今後は無理になると思うけど」

「無理？　どうしてです？」

小首を傾げる。

今日のようなお出かけくらいなら構わないのではないだろうか。

こうして護衛としてカーティスも連れてきたし、置き手紙だってしてきた。少し休憩したら帰るつもりだから、時間も遅くはならない。何が悪いのかさっぱり分からず首を傾げていると、カーティスは「気づいてないんだよなー。可哀想」と私を気の毒そうな目で見てきた。

「え？　なんのことです？」

「うん。オレの後ろさ。よーく、見てみたら分かるかもね？」

「後ろ？」

後ろに何があるというのか。

カーティスに言われ、視線を少し上げ、彼の後ろを見る。

「ひっ」

声が引き攣った。カーティスが真顔で聞いてくる。

「分かった？」

コクコクと何度も頷く。頷くしかなかった。

何故ならそこにはものすごく不機嫌面をしたルイスがいて、私をじとっと見つめていたからだ。更にその後ろにはアーノルドが、自分は関係ないみたいな顔をして立っていた。

——あああ、なんで……。

どうしてルイスがこんなところにいるのか。

何を言えばいいのか分からない私に、ルイスが話しかけてくる。

「ずいぶんと楽しそうだな、ロティ」

「え」

聞いただけで分かる。ルイスはものすごく怒っていた。

——え、なんでルイス、怒ってるの？

さっぱり意味が分からない。

思わず助けを求めるようにカーティスを見る。彼は私から視線を逸らすと肩を竦め、さっとアーノルドの隣に移動した。

もう自分の役目は終わったといわんばかりの態度に、とても裏切られた気持ちになる。

——こ、この……！

気づかせるだけ気づかせて逃げるとかひどすぎだ。

あっという間に味方がいなくなってしまった状況下。何も言えない私の目の前にルイスがやってくる。

馬鹿らしい話だが、こんな時にもかかわらず、彼は脚が長いんだなあと、よく分からない感想を抱いてしまった。それだけ私が混乱していたということなのだろう。

「ええと……ルイス？」

震える声で名前を呼ぶ。彼は無言で手に持っていた紙を私に突きつけてきた。ずっと握っていたのかグシャグシャになっている。

「え、何……あ、私の置き手紙」

彼が私に見せたのは、机の上に置いてきた手紙だった。

どうしてそんなものをわざわざ彼が持ってきたのか。そして私に見せるのか。

動機が全く分からないと疑問に思っていると、ルイスはゆっくりと口を開いた。

「……吃驚した。帰ったら君がいなかったから」

「えと、それは……その手紙に書いてあった通りで」

「ああ、町に出かけると確かにあったな。夕食までに帰ると。カーティスを連れていくとも書かれてあった」

「は、はい」

どうやらきちんと手紙は読んでくれていたようである。そのことにホッとしたが、ルイスの声音は怒ったままだった。

「別にそれはいい。カーティスを連れていったのなら特に問題はないんだ。帰宅予定時間も書かれてあったしな。私は君の行動を制限しているわけではないし」

「は、はあ……」

そのわりにはめちゃくちゃ怒っているなあと思いながらも、埒があかないので素直に聞いてしまうことにした。

「えっと、ルイス。私、何かしましたか？」

この怒り方は、どう考えても私が何かしたとしか思えない。

だが最悪なことに、私には全く心当たりがないのだ。

「何をしたか？　君は本当に分からないと言うのか？」

「は、はい……」

ルイスがビクリとこめかみを引き攣らせた。あ、これは絶対に何かやらかしたと思うも、本気で思い当たる節がない。必死で自分のしたことを思い返すも全然分からなくて冷や汗を流していると、アーノルドがルイスに言った。

「殿下。ここは人目があります。お話は館に帰ってからになさった方がよろしいのでは」

「……そうだな」

確かにルイスがここに来てから、広場にいた人たちは私たちに注目している。考えてみればそれも当然。だってルイスは王子として何度も国民の前に顔を出しているのだ。分からないはずがない。

ルイスも気づいたのだろう。溜息を吐くと私に言った。

「ロティ。帰るぞ」

「は、はい……」

慌てて首を縦に振った。元々休憩を入れたあとは帰ろうと思っていたのだ。ここで断る理由はないし、悪目立ちしているのが恥ずかしかったので、どちらかというと彼の提案はありがたかった。

噴水の縁から立ち上がる。ルイスが私の手を握った。

——え？

どうして手を握ったのか。

驚いて彼を見たが、ルイスの表情には腹立たしいという感情しか見えなくて、何も言えない。

まるで逃がさないとでもいうような強い圧力を感じ、私は素直に従うしかなかった。

「……」

帰りの道中、彼は一言も言葉を発しなかった。

ただ、握った手は決して離さなかった。ギュッと私の手を握ったまま、彼は城門を抜け、館まで戻ってきた。

同じく無言で付き従ってきたアーノルドがさっと館の扉を開ける。ルイスに手を引かれ、中に入る。二階のサロンで話し合いをするのかと思ったが、彼が向かったのは一階の食堂だった。

「……座れ」

食堂に入り、ようやくルイスは口を開いた。

何がなんだか分からなかった私は、これ以上彼を怒らせたくなかったこともあり、すぐさまいつも座っている席についた。

ルイスも近くの椅子を引き、座る。深い紫色の目が私を真っ直ぐに見つめていた。

「ロティ。それで、私がどうして怒っているのか分かったか？」

「……い、いいえ」

これを言ったら更に怒られるのは分かっていたが、いくら考えても分からないものは分からない。

怒られるのは覚悟の上で正直に言うと、彼はこれ見よがしな溜息を吐いた。

「ロティ」

「はい」

「まずは教えてもらおうか。君は町へ出て、何を食べた」

「何を……ですか？」

そんなことを聞かれるとは思わなかったので首を傾げた。

「ええと、チーズとラスク、あとはリンゴとすじ肉の煮込み……チョコレートも買いましたし、果物のジュースとか、あとは……」

買ったものを思い出しながら、ひとつひとつ挙げていく。

いや、しかし久しぶりに食べたが、あのすじ肉の煮込みはやはり美味しかった。

一朝一夕には完成できない深みのある味わいは、あの店主だからこそ作り上げられるもので、また近いうちに食べたいと思わせられた。

――うん、あれは最高だった。

しかし、私の話を聞いたルイスの眉間に皺がどんどん寄っていくように見えるのは気のせいだろうか。

なんとか買い物したものを全て告げると、彼は「そんなに買ったのか」ととても低い声で言った。

ヒクヒクと頬が引き攣っている。

――怒っている。これは絶対に怒っている。

今にも爆発しそうなルイスにビクつきつつ、彼に聞いた。

「ええと、ルイス。私、何かまずかったですか？　私なりに色々考えて置き手紙を残したんですけど、何か足りなかったでしょうか。教えて下さい。……その、本当に申し訳ないんですけど、ルイスがどうして怒っているのか分からないんです」

「ほう、分からない。ここまで来ても君は分からないと言うんだな？」

「ひょえっ」

眼光鋭く睨みつけられ、思わず私は首を竦めた。ルイスはイライラした様子で口を開く。

ドン、と拳でテーブルを叩いた。

「私は！　毎日君に必要な栄養素をきっちりと計算して食事を作っているんだ！　それを食べ歩き？　そんなことをされてみろ、私のカロリー計算がめちゃくちゃになってしまうだろう！」

「へ？」

――何を言っているの？

ポカンとする私に、ルイスは更に言葉を紡ぐ。

「今日だって、帰ってきたら君にタルトを用意してやろうと思っていたのに。今日は『ビタミンC』が不足気味だからグレープフルーツとレモンのムースタルトを準備していたんだ！」

ムースタルトという言葉に、こんな時にもかかわらず、私は目を輝かせた。

「そ、それはとても美味しそうです。……ですが、その、『びたみんしー』というのは？」

タルトは是非ともいただきたいところだが、『びたみんしー』なんて言葉は初めて聞いた。

意味が分からなかったので尋ねたのだが、何故かルイスにはますます強く睨まれてしまった。

「水溶性ビタミンの一種だ！　欠乏症になると壊血病にもなる。人間には必須の栄養素だ！」

「……は、はあ。よく分かりませんが、なんかすごいものなんですね……」

申し訳ないが、さっぱり分からない。首を傾げる私を見て、ルイスはハッとしたような顔をした。

誤魔化すように咳払いをする。

「……いや、悪かった。君にビタミンの話をしても仕方なかったな。その……私の前世の世界では一般教養だったのだ」

「そ、そうでしたか……」

どうやら異世界の常識を語っていたらしい。私が分からないのも当然だ。

自分の不勉強かと内心焦っていたので、そうではないようでホッとした。胸を撫で下ろしているとルイスが言う。

「こちらの世界にはない概念を言って悪かった。すまない。君は私を分かってくれるからつい……」

「あ、いえ、はい。それは全然大丈夫です。説明していただければ分かりますし。ええと、びたみんしーは、異世界の言葉なんですね」

「その通りだ」

「よく分かりました。いえ、意味は分かっていませんが、異世界の言葉だということは分かりましたからそれでいいです。で、話を戻しますけど、ルイスは私にムースタルトを用意して下さったと、そういう話でしたよね？」

私にとってはわけの分からないぴたみんしーよりもグレープフルーツとレモンのムースタルトの方が百倍大事な話である。なんなら今すぐにでもいただきたい。そんな気持ちで話を振ると、彼は不機嫌な様子で私から顔を背けた。

「いや、今日は、なしだ」

「え」

「だから今日は、なしだと言っている」

「ど、どうしてですか！」

準備をしていたと言っていたではないか。

いきなりのお預けに吃驚していると、ルイスが私を睨み返してくる。

「君が！　散々、買い食いをしたからだろう！」

「だ、だってそれは私の楽しみで……」

「それなら、私のタルトを食べる必要はないだろう。君は、趣味を楽しんできたのだから」

「そ、そんな……それとこれとは別腹なんです……」

「知らん。今日のカロリーは十分にオーバーしているだろう。菓子は必要ない」

「ルイス……！」

取りつく島もない。

がーんという音がしそうなくらいにショックを受けた。

ルイスが冷たい声で私に言う。

「君は、私が作るものより市井での買い食いの方が好きだと、そういうことだろう？　今日は十分満足したのではないか？」

「ち、違うんです」

「何が違うだ。この浮気者」

「浮気⁉」

とんでもない濡れ衣である。

ただ、買い食いに行っただけだというのに、ここまで言われる意味が分からない。

愕然としていると、ルイスが淡々と告げる。

「どう考えても浮気だろう。私に内緒で、町で買い食いなんて」

「人聞きが悪いです。浮気なんてしていません」

「私の作ったもの以外を口にしておいて何を言う」

「それは横暴すぎません⁉」

いくらなんでもめちゃくちゃだ。

自分の作ったもの以外は駄目なんて、そんな馬鹿な話あるものか。だがルイスは怒りが冷めやらぬようで、プンプンとしている。

私は必死で取り繕った。

なんだか、浮気を責められて、それに見苦しく言い訳している男の図、みたいになっているのが解せないが、分かってもらうためには仕方なかった。

「食べ歩きは私の趣味なんです……！　王都を歩いて新たな味を見つける。それが私の楽しみで……別に浮気をしたわけでは……ルイスの料理が劣っているとか、そういうことは一切ありません！　本当です！」

「ほう。だが、私だけでは君を満足させられなかったわけだろう？　事実として君は町へ出たのだから。残念だ。私の料理では君を捕まえることはできなかったか」

「ち、違います。ルイスの料理に満足していないなんて……」

彼の作るものに不満などあるわけがない。事実、今日の今日まで食べ歩きをしようとする考えすら思い浮かばなかったくらいなのだから。

「ルイスの作るものは全部好きです！　大好きです！」

「だが、君は町へ行った」

「だからそれは――」

「経過や理由はどうでもいい。結果が全てだ」

「うう……ううう……」

堂々巡りだ。いくら説明してもルイスは分かってくれない。それどころか更に機嫌を損ねているように見えた。

「ルイス……」

泣きそうになりながら彼を見る。ルイスは冷たい目で言い放った。

「君の言い分はよく分かった。……これからひと月、おやつは抜きにする」

「ええっ⁉　嘘でしょう？」

とんでもない宣言にギョッとした。

おやつ抜き？　あり得ない。そんなの、晩ご飯までお腹がもつはずがない。

格好など気にしていられない。私はルイスに泣きついた。

「ルイス、お願いします。それだけは、それだけはやめて下さい。ルイスのおやつをひと月も食べられないなんて私……」

「駄目だ。ああ、さっきも言ったが、もちろん今日用意するつもりだったタルトもなし、だ。捨てるのはもったいないから、そうだな……アーノルドとカーティスに食べさせるとするか」

「いやあああああ！」

情けないとは思うが、この世の終わりのような悲鳴を上げてしまった。

カーティスが軽い声で言う。

「え、マジで？　殿下のタルトが食べられるの？　ラッキー」

「ありがたくご相伴にあずかります」

アーノルドも笑顔で追随した。

ふたりが楽しそうに笑っている。だが私は笑えない。笑えるはずがないではないか。

だって私のために用意してくれたタルトが、ふたりの口に入るというのだ。

そんな馬鹿な話、受け入れられるわけがない。

私の中での天秤が、ルイスのおやつに大きく傾いた瞬間だった。

「わ、分かりました！　分かりましたから！」

声を上げる。ルイスが余裕たっぷりな態度で聞いてくる。

「何が分かったんだ？」

「わ、私が全部悪かったです。ルイスが駄目だって言うなら、もう食べ歩きにも行きません……！

だ、だから、何卒《なにとぞ》おやつ抜きだけは勘弁して下さいっ！」

パンッと両手を合わせる。

完全にルイスに餌づけされてしまった私は、最早彼のご飯とおやつなしでは耐えられない身体になっていた。

食べ歩きに行かないなんて、いつもの私なら嘘でも口にしない言葉だ。だけど、それよりもルイスのおやつを食べられない方が嫌だと思ってしまったのだ。

彼のおやつをひと月食べられなくなる。それに比べれば、食べ歩きに出ないと約束する方が百倍マシだ。

縋《すが》る私に、ルイスが唇の端を吊り上げ、告げる。

「別に、無理にそうしてくれなくていいぞ。強制するのは好きではない」

――うあああああ！

どの口が強制は好きではないなんて言うのか。誰がどう見たって今の状況は強制ではないか。

だが言えない。だって今現在、決定権を持っているのはルイスだ。私は彼の慈悲に縋るしかない。

彼が「いいよ」と言ってくれるのを待つしかないのだ。

心の中で滂沱《ぼうだ》の涙を流しながら私は言った。

「無理なんてしていません！　私はルイスのおやつの方が大事なんです！」

——ああもう！

嘘じゃないのが悔しい。

凄《すさ》まじいまでの敗北感が私を襲ってくる。

ルイスはじっと私を見ていたが、やがて実に満足そうに笑った。

「そうか。そんなに私のおやつが食べたいのか」

「は……はい」

「もう、食べ歩きには行かないと言うのだな？」

「……約束します。その……今日は勝手なことをしてすみませんでした」

「勝手なこと、とは？」

「……ルイスがご飯を作ってくれるのに、ルイスが作ったもの以外を食べたことです」

ようやく理解した彼が怒っていた理由を告げると、彼は「そうだな」と頷いた。

どうやら許してくれる気になったようでホッとする。彼はゆっくりと椅子から立ち上がると、私に言った。

「分かってくれたのならいい。今後は気をつけるように」

「はい」

「それなら、タルトを用意しようか。紅茶も。お腹が空いただろう」

「……ありがとうございます」

「ちょっと待っていろ」

明らかに機嫌を良くしたルイスが厨房に向かう。

カーティスが残念そうに言った。

「なーんだ。殿下のタルトが食べられるかと思って楽しみにしてたのに、無理っぽいね」

「最初から殿下は、彼女以外に食べさせるつもりはありませんでしたよ。こうなるようにわざと話を持っていったのでしょう」

「いや、知ってるけどさ。もしかしてって思うじゃん。ほら、カロリー計算がどうとか言っていたし」

「思いません」

「えー」

楽しげに会話する双子の騎士。彼らが話していることは聞こえていたが、今のやり取りでものすごく疲れてしまった私の耳には素通り状態だった。

――っ、疲れた……。

しかし、自分が言い出したこととはいえ、食べ歩きができなくなってしまうとは悲しすぎる。

「でも……ま、仕方ないか」

いつまでも落ち込んでいても楽しくない。せっかくルイスがタルトを出してくれるというのだ。

バシッと気持ちを切り替えよう。

「うん。今、私が楽しみにするのはグレープフルーツとレモンのムースタルトのことだけでいいよね」

言葉にすると本気で楽しくなってきた。

彼のタルトを食べるのは初めてなので、ワクワクする。

「ルイスのタルト、楽しみだなあ」

厨房を眺めつつ独り言を言う。それを聞いていた双子の騎士が呆れた目で私を見ていたが、タルトのことで頭がいっぱいになっていた私は気づかなかったし、気づきたくなかった。

◇◇◇

「ああ……やっぱりルイスの料理は美味しい。このタルトも最高」

身体を感動に打ち震わせながらロティが言う。

彼女が幸せそうにタルトを食べるのを眺めつつ、私はやはり彼女はこうでなくてはと頷いていた。

彼女が食べるべきなのは、私の作る料理だけ。

私以外の人間が作ったものなど食べる必要はない。

彼女は私が作ったものだけ食べていればいいのだ。

思いを新たにした私は、彼女におかわりのタルトを用意してやった。ワンカットでは足りないだろうと思ったからなのだが、案の定ロティは嬉しそうな顔をする。

「わ、ありがとうございます！」

「これで最後だぞ」

「はい！」

キラキラと目を輝かせながら頷くロティはとても可愛い。彼女のことは全部好きだが、それでも一番はどこかと聞かれたら、私の料理を食べている時と答えるだろう。

彼女の食べる姿はいつだってとても楽しそうで、見ているこちらが嬉しくなるようなものなのだから。

「グレープフルーツとレモンの相性最高……。ムースが軽いから、いくらでも食べられる」

「んー」と頬に手を当てながら身悶《みもだ》える彼女を優しい気持ちで見つめる。愛らしいという言葉は彼女のためにあるのだろう。どんな仕草も可愛いと思える。これが恋というものか。

彼女を見ていると、無意識に言葉が零《こぼ》れ出た。

「……ああ、君をどこか奥深くに閉じ込めてしまいたいな」

誰にも知られない場所でふたりきり、彼女を世話して暮らすのだ。もし実現すればどれほど心地よく、満たされることか。今、少し想像しただけでも口が勝手に笑みを象《かたど》ってしまう。

もちろん王子という立場もあるし、ロティが嫌がると思うから実行に移すつもりはないが、もし彼女が私を拒絶するようなことがあれば、その時は。

自分がどう行動してしまうのか、ちょっと自信が持てない。

とはいえロティは私の婚約者という立場だし、彼女も家族愛とはいえ、私を好いてくれている。

そんなことにはならないとは思うが、万が一ということもある。

「ルイス？　今、何か言いました？」

「……いや」

幸いにもロティは、私の言葉を聞き取れていなかったようだ。それに気づき、笑って否定を返す。

彼女には言わない。

私が彼女を閉じ込めてしまいたいほど愛しているなんて、今はまだ知らなくていい。

だけどもしその時が来たら——。

全ての責任を放棄してふたりきり。駄目だとは分かっているが、きっとそれはそれで楽しいのだろう。

そんなことを思いながら私はひとり微笑みを浮かべた。

第五章　お披露目の夜会があるようです

町に買い食いには行けなくなってしまったものの、その分、ルイスにたっぷり美味しいものを食べさせてもらい、何くれとなく世話をしてもらう。

そんな生活に、駄目だと思いつつもすっかり慣れてしまったある日の午後。

私に午後のお茶を出しながら、ルイスが言った。

「一週間後、王家主催の夜会がある」

「夜会、ですか」

「そう。私たちに出席義務のある、な」

「はあ」

わざわざ言ってくるとは珍しいと思いつつも話を聞く。

ルイスと婚約して、すでに数カ月が経過しているが、これまで一度も夜会に出たことはなかった。

私としては楽だし、ルイスが出なくていいと言っていたのでそんなものかと気にしてもいなかったのだが、ここに来て、出席義務のある夜会とは。

紅茶の入ったカップを置き、話を聞く体勢になった私にルイスが言う。

「目的は君のお披露目だ。私が婚約してそろそろ半年が経つ。いい加減、婚約者と一緒に夜会に顔を出せと父上に言われてな。拒否権はない」

「そうでしょうね……」

話を聞いて納得した。

婚約者お披露目のための夜会。

普通は婚約してすぐあるものなのだ。それが半年もの間、何もなかったのだから、むしろおかしなくらいだ。

「どちらかというと、もっと早くにあるものと思っていましたが」

「父上には、婚約者との生活に慣れる時間が欲しいと今まで待たせていた。……夜会には、君を値踏みしてくる者も大勢いるだろう。嫌な思いをさせてしまうかもしれない」

「はい、大丈夫です」

国にひとりしかいない王子と婚約という時点で、それくらいは覚悟済みだ。

しかもルイスは大層な美形。

夜会に出れば、きっと彼にはたくさんの女性が群がってくるのだろう。それこそ夜、明かりに惹かれ、わらわらと集まってくる蛾《が》のように。そして私は、彼の婚約者として、彼女たちの恨みを買うわけだ。

うん、余裕で想像できる。

とはいえ、胃袋を摑まれてしまった私がその程度のことで彼との婚約を怯むはずもない。美味しい料理を食べるためには時には戦いも必要だと分かっている。

「ルイスのご飯を食べる権利は誰にも譲りません！　頑張って倍返しします」

「？　なんの話だ？」

「いえ、だから私を妬むだろう令嬢たちがしてくる嫌がらせに関する話ですけど」

「……ロティ」

真面目に言ったのだが、なんだか妙なものを見るような目をされてしまった。ポンと肩に手を置かれる。

「頼むからそのようなことになったら自分でなんとかしようとせず、すぐに私を呼んでくれ」

「え、でも」

「君が私のために頑張ってくれるのは嬉しい。だが、何があるか分からない。逆恨みでとんでもないことになるかもしれないだろう。だから絶対に私に声をかけて欲しい」

ルイスの手を煩わせるのもどうかと思ったのだが、思いのほか真剣に言われ、頷いてしまった。

「ルイスがそう言うのなら……」

「それより、夜会の話だ。当日のドレスはすでに手配してある。君に似合うものを用意したから楽しみにしておくといい」

自信満々にルイスが言う。

婚約当初なら首を傾げていたような発言だが、今現在、毎日のように彼が選ぶ服を着ている私は疑問にも思わない。

むしろ自分で選ばなくて済んでラッキー、くらいなものなので、彼がドレスを用意していると聞いても「どんなドレスだろう。楽しみ」という感想しかなかった。

……自分が残念な女だということは分かっている。

実家にいた頃だって全てメイドたちにお任せしていた。それが今も続いているだけ……いや、世話をしてくれているのが婚約者といえども男性という辺りでもっと駄目なのかもしれないけれど、ルイスがそうしたいと言うのだから仕方ないではないか。

割れ鍋に綴じ蓋という諺《ことわざ》が頭を過《よぎ》る。もしかしなくても、私とルイスはわりと相性が良かったりするのだろうか。そんなことを思いながら頭を下げた。

「ええと、それではよろしくお願いします」

「ああ、当日は化粧も私がしてやるからな。髪型は……どうしようか。最近流行のスタイルがいいだろうか。全身私がコーディネートするつもりだから楽しみにしているといい」

「はい」

ルイスに任せれば問題ない。私はそれ以上、夜会について考えることをやめた。

多分、考えたくなかったのだと思う。

きっと考えれば、女性としてこれはどうなの、という至ってはいけない結論に辿り着いてしまいそうだったから。

◇◇◇

夜会当日。

私は何故か異様に張りきったルイスに、朝から振り回されていた。

彼の指示でまずは朝からしっかり風呂に入る。半年も経てばひとりで入浴するのも朝飯前だ。きちんと髪を洗い、身体にも香油を塗り込めた。……この香油がルイスから渡されたものだということは気にしてはいけない。あと、洗髪料や石鹸《せっけん》などもいつの間にか彼が用意したものに切り替わっていたことも気にしてはいけない。

そしてこれらが全てルイスの好みのものだということについては絶対に指摘してはいけないのだ。だって言葉にしてしまったら、急に恥ずかしくなる気がする。今更かもしれないが、全部を彼の色に染められているような……そんな気分になってしまうではないか。

——ま、気のせいって分かってるけどね。

ルイスはただ私の世話をしたいだけだし、私も彼を家族——母みたいな人だなと思っている。その気持ちは今も変わらなくて、だから必要以上に意識する必要などないのだ。

いつも通り気にしないことにして、風呂場から出る。下着を身につけ、用意されていたドレスに袖を通した。後ろのボタンがふたつほど手が届かないので、それはルイスに留めてもらうことにする。

鏡を見てみれば、ドレスは綺麗な紫色で、細やかな刺繍が非常に美しかった。腰回りはあまり膨らんではおらず、だけどもたっぷりと生地を使っている。

「綺麗」

「気に入ってくれたのならよかった」

ボタンを留めながら、ルイスが鏡越しに笑いかけてくる。その目の色とドレスの色が同じであることに、唐突に気づいてしまった。

婚約者に贈るドレスで、お披露目に使われるものだと考えると正しいのだが、まさかルイスがそこまで考えてくれているとは思わなかったので、素直に驚いてしまう。

「……このドレスの色」

「気づいたか？　私の目の色を意識して作らせた。君は私の妻になるのだからこれくらいでちょうどいいだろう。……ああ、そういえば君と初めて会った時も紫色のドレスを着ていたな。あれは君にとてもよく似合っていた」

「あ、ありがとうございます」

妻という言葉に内心動揺しつつも礼を言った。

そうだ。私は近い未来、ルイスと結婚するのだ。

婚約者だと理解しているくせに、今の今まで彼の『妻』になるということをすっかり忘れていた気がする。

――だってルイスはお母さんみたいだから。

行儀悪くしていれば口うるさく怒り、私の健康管理をし、その日着るドレスを用意する。

美味しいお菓子や料理を作って甘やかしてくれるその様子は母としか思えないのだ。

だからルイスから『妻』という言葉を聞いて、彼は私の母ではなく夫となる人なのだと久しぶりに思い出してしまった。

ドレッサーに私を座らせ、ルイスが髪の手入れを始める。彼は髪を結うのも上手いのだ。器用に髪をアップにし、最後にアメジストが使われた華奢《きゃしゃ》な髪飾りを挿す。

「よし、完璧だ。次は……化粧だな」

満足げに頷くルイスは、楽しそうに鼻歌を歌いながら私に化粧を施していった。その腕前はやはり素晴らしく、私を実物の五倍は美しく見せていた。唇が艶っぽく仕上げられていて、自分だというのにドキドキする。

「出来上がりだ」

「……綺麗」

そうとしか言いようのない腕前だ。鏡の中の自分にほうっと見惚れていると、ルイスは笑って部屋を出ていった。今から自分の準備をするらしい。

しかし、普通なら何人ものメイドを使ってする夜会の準備を彼ひとりで終わらせてしまうとは驚きだ。しかも完璧だし。

「……ほんと、ルイスってすごいわ」

なんでもできる婚約者に感心することしかできない。

王子としても優秀だということは噂で聞いているし、実際の彼もご覧の通り、万能としか言いようのないスペックを発揮している。

そんな完璧な王子である彼と、食べることが好きなだけの私がよく婚約することができたなと真面目に思うが、この半年の彼を思い出せば、私でないと駄目だったのだろうなと納得はできる。

何せとにかく彼は人を世話することが好きなのだ。そして中でも一番好きなのが『料理を作ること』。

世話をすること全般を好むルイスではあるが、やはりその中でもより好きなものというのはある。彼の場合はそれが料理で、毎回申し訳ないなと思ってしまうくらい手間をかけたものを出してくれるのだ。

本人は嬉々として作っているようなので、申し訳ないなんて気持ちは早々に投げ捨てたのだが。その量は相当なもので、多分完食できる高位貴族の娘は私くらいしかいないと思う。

そういう意味では、確かに私は彼のお眼鏡に適《かな》っているのだ。

下手に動くとせっかく整えてもらった髪型が崩れそうで怖いので、余計なことをせず黙ってルイスが来るのを待つ。

ぼんやりしていると、準備を終えたルイスが私を迎えに来た。

黒いジュストコールを着ている。ちょっと紫がかっているのは、私のドレスと合わせたからだろうか。中に着たシルバーのベストがとても華やかだった。

夜会用の盛装に身を包んだ彼は、今日は珍しくも前髪を上げていた。元々キリッとした顔立ちの彼だが、そうすると一段と素敵に見える。

まさに、理想の王子様、だ。

「……」

「ロティ？」

ぼうっと見惚れていると名前を呼ばれた。我に返り、慌てて首を横に振った。

「な、なんでもありません」

「そうか。それならいいのだが。……さあ」

エスコートしてくれるのだろう。手を差し出された。その手を取ると、今から夜会に行くのだなという気持ちになってくる。いつもと違う格好が、なんだかおかしかった。

「ん？　どうした？」

「いいえ、ルイスってそういえば王子様だったんだなと思い出しまして」

「？」

分からない、と首を傾げるルイス。だが、仕方ないではないか。この半年もの間、ほぼ館の中だけでの生活で、公式行事に参加したことなどなかったのだ。私が見るルイスはいつだって『お母さん』をしていて、今、盛装で現れた彼を見て、ようやく「彼は王子様だった」と思い出したくらいなのだから。

「私、いつもこんな素敵な人にお世話してもらっていたんですね」

しみじみと告げると、ルイスは何故か嫌そうに顔を顰めた。

「ルイス？」

「頼むから、もう世話をされたくないなどとは言わないでくれよ。やっぱり恐れ多いなんて言われたら、ショックで何をしでかすか分からない」

「ええ？」

はあ、と溜息を吐かれた。本気で嫌そうだ。

「ええと、さすがに半年経って慣れたので、そんなことは言いませんが」

「本当か？」

「はい、今更すぎますから」

王子に世話をされるという衝撃は、初日の顔合わせの時にすでにクリアしている。今、自分が置かれている状況に「私ってすごいな」とは思うが、だからといって何かしようとは思わない。

だって、お世話されなくなるということは、ルイスの美味しいご飯が食べられなくなるということと同意。それは絶対に許せない。

「ルイスは意外と心配性ですね」

「……それはそうだろう。君が私から離れていくかもなんて考えたくもないのだから」

「大丈夫ですよ。私、ちゃんとルイスに餌づけされてますから」

笑いながら歩き出す。館の外には馬車が横づけしてあった。

この館は城の敷地内に建ってはいるが、夜会が行われる場所までは少し距離があるし、そもそも高いヒールを履いているので、歩いていくこと自体があり得ない。

ふたりで馬車に乗り込む。アーノルドとカーティスも一緒だ。護衛である彼らは今日は珍しくも夜会服を着ていた。

「あなたたちも夜会に出るのですか？」

見慣れない姿が気になり声をかける。馬車はカタカタと軽快に走り出した。アーノルドが口を開こうとしたが、それより先にカーティスが答える。

「そ。オレら、殿下の護衛だからね。殿下が夜会に出るならオレらも出ないと、ってこと。いつもの格好じゃさすがに目立つからさ」

「そうなんですね」

どうやら参加者に紛れつつ護衛をするらしい。そういうものかと思っているうちに馬車は夜会会場に着いた。ルイスが先に降り、手を差し伸べてくる。その手に己の手を重ね、馬車を降りた。

夜会の参加者と思われる人たちが大勢いる。彼らの視線は私たちにあり、注目されていることが嫌でも分かった。

「大丈夫か？」

こちらを心配そうに窺ってくるルイスに、頷いてみせる。基本、美味しいものを追いかけているだけの私ではあるが、公爵令嬢として恥ずかしくない程度の礼儀作法は仕込まれているのだ。視線には気づかないふりをして、ルイスと会場に入る。私たちが入場すると、すぐに人々が集まってきた。皆、笑みを浮かべ、口々に言う。

「殿下、この度はおめでとうございます」

「おめでとうございます。そちらが婚約されたというご令嬢ですか？」

「婚約されたと聞いて半年。一向に姿をお見せ下さらないものですから、どうなっているのかと心配いたしましたよ」

「すまない。ありがとう。この通り、彼女とは上手くやっている」

彼らの言葉にルイスはひとつひとつ丁寧に応対し、私もまた令嬢らしい微笑みを浮かべやり過ごした。

「ロティ、父上のところへ行くぞ」

「はい、殿下」

ある程度皆の質問に答えたあと、ルイスにそう言われ、皆の前を辞した。彼と一緒に会場の最奥で王妃と談笑している国王のもとへ行く。

遠目から見たことはあれども、直接対面するのは初めてだ。内心緊張していたが、国王は笑顔で私たちを迎え入れてくれた。

「おお、そなたがルイスの婚約者だな。グウェインウッド公爵家の」

「はい、シャーロットと申します」

近くで見れば、なるほど血が繋がっているのだなと納得できるほどには国王とルイスはよく似ていた。髪や目の色もそうだが何より顔の骨格がそっくりなのだ。

笑うと柔らかい印象になる。

挨拶を終えると、国王はルイスに笑顔で話しかけた。

「どうやら婚約者と上手くいっているようでホッとしたぞ。半年もの間、だんまりだったものだからずいぶんと心配したのだが」

「だから大丈夫だと言ったでしょう、父上。私は皆へのお披露目より、彼女と距離を縮めることを優先させただけです」

「いや、確かにそうは聞いていたが……まあよい。ルイス、シャーロット嬢と結婚する気でいると考えてよいのだな？」

「ええ、もちろんです」

「そうか、分かった」

ホッと息を吐き、国王が私を見る。柔らかく目を細め、私に言った。

「シャーロット嬢、息子をよろしく頼む」

「は、はい……至らぬ身ではありますが、全身全霊をもって殿下に尽くす所存です」

深く頭を下げる。

実際は尽くすどころか、王子であるルイスに尽くされまくっているのだが、それをわざわざ言う必要はないだろう。それくらい私にだって分かる。

挨拶を済ませたあとは、一曲だけではあるが、ルイスと踊った。

ダンスは貴族の基本の心得と言っても過言ではないので、当然私もできる。問題なく一曲を踊りきったあとは、彼と一緒に食事を楽しんだ。

会場の端には飲食スペースがあり、好きに食事を楽しめるようになっているのだ。

立食形式で、取り皿が置いてある。

「わ、美味しそう……！」

菓子類やローストビーフ、サンドイッチなど軽食がずらりと並んでいる。ルイスが作ってくれる日本食も好きだが、私は普通の料理も好きなのだ。

目を輝かせる私にルイスが楽しげに言う。

「王宮の料理もなかなかのものだぞ。君が気に入るものも多いと思う」

「楽しみです……！　その、食べていいんですよね？」

念のために尋ねる。ルイスが頷いてくれたので、安心して取り皿を手に取った。その皿をひょいと取り上げられる。

「ルイス？」

「何が食べたいんだ？」

「ええと……」

どうやら給仕をしてくれるらしい。いつも通りすぎるルイスの行動に苦笑しながらも食べたいものを伝える。時折「これは君も多分好きだと思う」と、リクエストしたもの以外も入れてくれるのだが、彼には私の好みは知り尽くされているので余計なことをされたとは思わなかった。

むしろ、ルイスが言うのなら絶対に美味しいだろうという期待しかない。

まずは生ハムが載ったローストビーフを食べる。肉が口の中で柔らかく解けた。生ハムの塩味が絶妙に利いている。

「んんっ、美味しいです……」

「それはよかった。飲み物はどうする？」

「あ、甘めのものをいただけると」

「分かった」

甲斐甲斐しく世話をしてくれるルイスに、何も考えず反射的に答える。さっとジュースが入ったコップが渡された。それを受け取る。

「ありがとうございます」

「いや……ああ、頬にクリームがついているぞ」

「えっ、す、すみません……！」

さすがにそれは貴族令嬢として恥ずかしすぎる。慌てて拭き取ろうとしたが、その前にルイスが手を伸ばし、頬に触れた。

「ほら、取れた」

「っ……！」

にこりと笑われ、羞恥のあまり真っ赤になった。それでもなんとか礼を言う。

「あ、ありがとうございます」

「いや、君は相変わらず可愛らしい。顔が真っ赤でリンゴのようだ。ああほら、果物もあるぞ。要らないのか？」

「い、要ります」

皿を差し出すと、その上にオレンジが置かれた。私が柑橘類を好きなことを知っているからだろう。本当に好みを把握されすぎている。

ルイスがニコニコしながら私に言う。

「いつも通り、食べさせてやろうか？」

「け、結構です」

ここは私たちの住む館ではない。大勢の人がいる前でさすがにそれはできないと思った。

ぶんぶんと首を横に振る。ルイスは小さくではあるが声を上げて笑った。

「恥ずかしいのか？　館ではいつもやっているだろう？」

「そ、それはそうですけど、ここではさすがに」

「なんだ。君は意外と人目が気になるんだな」

「当たり前です……」

思わず非難の目を向けてしまった。

だって貴族たちが、飲食スペースにいる私たちを遠目からではあるが観察しているのが見えるのだ。何を話しているのか、私たちの仲がどんなものなのかを知りたいのだろう。そんな好奇の視線が向けられた中、普段と同じように振る舞うことなどできないと思う。

だがルイスの意見は違うようで、実に楽しげな様子で近くにあったチェリーを取ると、私に言った。

「ロティ、あーん、だ」

「えっ……」

「あーん、だ。いつもやっているだろう？」

「い、いや……ですから」

無理だと言っているのに。

できないという意味を込めて首を横に振る。だが、ルイスは許してはくれなかった。

「ロティ」

「む、無理です」

「無理じゃない」

「無理なんですってば……」

周りの視線がキツくなったような気がする。いや、多分気のせいではない。

涙目になりつつ必死で断るも、ルイスは退いてくれない。

「ロティ、往生際が悪いぞ。私に世話をされると言ったのは君ではないか」

「い、言いましたけど！　それとこれとは違うと思います……」

「私はどんな時でも君の世話を焼きたいんだ。それに私は『館の中でだけ』なんて言わなかったぞ」

「それはそうですが……」

言葉に詰まる。

なんだろう。ものすごく追い詰められている気がして仕方ない。

ルイスが小声で私に言った。

「……ロティ、なあ、考えてみてくれ。この状況で君に拒否されるということがどういう意味を持つのか」

「え？　意味、ですか？」

「ああ、分かるだろう？」

「い、いえ……」

本気で分からなかったので首を振る。ルイスは悲しげに顔を伏せた。

「婚約者をお披露目する夜会で、その婚約者に拒否される男。君が断れば、私はそういうレッテルを貼られるわけだ。明日から私は皆の笑いものだろうな……」

「え……嘘」

「嘘じゃない。少し考えれば分かるだろう」

ルイスの言うことには一理あり、私は一瞬言葉を失った。

確かに、確かに彼が言うような受け取り方をする貴族たちもいるだろう。何せ現在進行形で注目の的なわけだし。ひとり、ふたりくらいはそういうことを言う人がいてもおかしくはない。

——う、うう……恥ずかしいけど、そういうことなら仕方ないわよね。

「わ、分かりました……」

観念して頷く。

だけど衆人環視の中、恥ずかしい思いをするのだ。少しくらい私にもご褒美が欲しい。そう思った私はやけくそ気味にルイスに言った。

「そ、その代わり、帰ったらデザートを食べさせて下さいよ！」

「ああ、最近君が気に入っているイチゴパフェを作ってやろう」

「パフェ……！」

ルイスの言葉を聞き、目を輝かせた。

最近ルイスが私に作ってくれるおやつ。その中でも一番気に入っているのが『イチゴパフェ』なのだ。ルイスの作るパフェは料理人たちがデザートに出してくれるものとは違い、ものすごく大きく、たっぷりイチゴやアイスクリームを使っている。満足感が段違いなのだ。

「わ、分かりました。パフェのためならやりましょう」

俄然《がぜん》、やる気になった。先ほどまで恥ずかしかった気持ちなど、時の彼方に投げ捨てた。

パフェが食べられるのなら、『あーん』でもなんでもやってやろうではないか。どんとこいだ。

ルイスがにんまりと笑い、「そうか」と言う。

「交渉成立、だな。では改めて『あーん』」

「あ、あーん」

羞恥心を放り投げたつもりだったが、やはり捨てきれていなかった。グッと恥ずかしい気持ちを堪え、口を開ける。

そうしてルイスがチェリーを私の口の中に放り込んだ、その時。

すぐ近くから呆れたような声がした。

「……おやおや、ずいぶんと仲が良いご様子ですな」

「っ……！　んんっ！」

急に声をかけられ、思わず咽《む》せそうになった。チェリーを急いで咀嚼《そしゃく》し、飲み込む。声が聞こえた方を見るとそこにはふたりの男性が立っていた。

ひとりは厳《いか》つい容貌をした中年男性。もうひとりはひょろりとした体格の、だけど目だけはギラギラとしている初老の男性だった。目がぎらついた男性の方に、ルイスが不機嫌そうな声で言う。

「仲が良いと言うのなら邪魔をしないでくれ。デルレイ宰相」

「おや、これは申し訳ございませんでした、殿下」

全然悪いと思っていない表情と声で宰相と呼ばれた男性が返事をした。そうして慇懃《いんぎん》な動作で礼を取る。

ノアノルン王国宰相、デルレイ・ドミニオン。

彼のことはもちろん私も知っていた。

代々宰相を輩出してきた家系で、彼は二十年ほど前に宰相になった。国王に忠実に仕えており、信頼が厚いという噂だ。でも確か、父は彼のことがあまり好きではなかったはず。

身内を贔屓《ひいき》することが多く、やり口が気に入らないと愚痴っていたのを聞いた覚えがある。

「……顔を上げろ」

ルイスが嫌そうに命じる。

宰相はゆっくりと顔を上げ、ルイスを見てから次に私に視線を移した。人を値踏みするような嫌な視線だった。

「……」

――気持ち悪い。

宰相としては王子の婚約者を見定めたいというところなのだろう。その気持ちは分からなくもなかったが、粘つくような視線がとても不快だった。

宰相が意味ありげに頷く。

「……なるほど。彼女がグウェインウッド公爵家のご息女ですか。殿下のご婚約者とお聞きいたしましたが」

「何か問題でもあるのか」

「いいえ」

とんでもない、と宰相は大袈裟《おおげさ》に両手を広げた。まるで下手な役者のようなわざとらしさだ。

「あなたには是非、私の娘と結婚していただきたいと思っていましたので。ええ、ええ。ですが残念。まさかグウェインウッド公爵家に先を越されるとは思いもしませんでしたよ」

「……先を越すも何も、ロティを私の婚約者に選んだのは父上だ。文句があるのなら直接父上に言うのだな」

「もちろんですとも！　陛下にはあとでお話しさせていただきたいと思います。どうして我が娘では駄目だったのか。ずっと陛下には娘を推し続けていたのに。今からでも娘に替えていただけないかお伺いしてみますね」

にっこりと笑い、ルイスに告げる宰相。その声は婚約者変更を確信しているように私には聞こえた。

「……ロティを侮辱するのもいい加減にしろ。彼女が私の婚約者だ。その彼女を差し置いてお前のルイスが低い声で威嚇した。宰相は肩を竦める。小さな目は笑っていない。

「いいえ、滅相もない。ただ、私は己の希望を述べたまでのこと。だって殿下は陛下が決めた方と婚約されただけなのでしょう？　では、その陛下が婚約者を替えろと言ったら？　ええ、ええ。ただ、それだけの話ですよ」

「私はロティ以外の婚約者なんて認めない。私はロティと結婚する」

「おやおや、たかが半年ほどの付き合いでおっしゃることではありませんよ、殿下。ああ、それでは私は忙しいのでこれにて。次は殿下の義父としてお会いできることを祈っておりますね」

「さっさと消えろ」

「はい。殿下のご命令通りに」

にたりと嫌な笑い方をし、宰相はもう一度頭を下げた。そうして靴音を響かせ去っていく。もうひとりいた厳つい容貌の男の人がちらりとこちらを見た。

金髪碧眼のがっしりとした体つき。その顔は……どこかで見たことがある気がする。

――誰かに似ている？

思い出せそうで思い出せない。そう思っていると、彼はふいっと顔を背け、宰相の後を追っていった。マントが翻る。今気づいたが、彼は黒い軍服を着ていた。あれは騎士団、それも王宮の警備を一手に引き受ける近衛騎士団のもの。ということは、彼は騎士なのだろうか。

「……はあ」

知らず、息が漏れた。

どうやらかなり緊張していたみたいだ。彼らが去っただけで、ドッと疲れが押し寄せてきた気がする。

「大丈夫か？」

ルイスが心配そうに覗き込んできた。それになんとか笑って答える。

「はい、大丈夫です。ちょっと……吃驚しましたけど」

「すまない。嫌な思いをさせてしまった」

ルイスが眉を寄せ、申し訳なさそうな顔をする。それには否定を返した。

「いいえ。こういうこともあろうかと思っていましたから。平気です」

私の予想では、ルイスを恋い慕う令嬢たちと熱いバトルを……だったのだが、現実は違った。

まさかの宰相から「お前より私の娘の方が殿下に相応《ふさわ》しい」である。

先ほどのやり取りを思い出し、微妙な顔をしていると、ルイスが私の腰に手を回しながら言った。

「……館へ戻るぞ。最低限の義務は果たした。父上もお許し下さるはずだ」

「はい」

返事をすると、彼は私の腰を抱いたまま歩き出した。皆が見ている中、夜会会場を退出する。

会場の外で待っていた馬車に乗り込むとすぐに私たちの前の席に座ったアーノルドとカーティスが声をかけてきた。

「……先ほどは、不快な思いをさせてしまい、申し訳ありませんでした」

「うん。ごめんね」

「え？」

どうしてふたりが謝るのだろう。首を傾げると、私の隣に座ったルイスが言った。

「先ほど宰相と一緒にいた男。彼はアーノルドとカーティスの父親だ。ドゥラン侯爵。近衛騎士団の団長を務めている」

「っ！」

言われてようやく合点がいった。

確かに先ほどの男性は、目の前のふたりによく似ていたように思う。

「そうだったのですか……」

「父は宰相の手駒ですから。少し離れた場所にいたので会話までは聞こえませんでしたが、嫌な思いをされたのではありませんか？」

「いえ、ただ目が合っただけなので」

「そう……ですか」

ホッとしたようにアーノルドは息を吐いた。カーティスも似たような顔をしている。

「あの人は宰相の金魚の糞《ふん》で、彼が言うことには絶対なんです。彼に引き立てられて今の地位に就いたので仕方ない部分もあるのですが……」

「……」

「父は、宰相の命令ならどんなことでもします。僕たちも注意するつもりですが、あなたも十分注意して下さい」

「わ、分かりました」

実の父に注意しろと真顔で忠告してくるアーノルドに、それでいいのかと思わずカーティスを見てしまったが、彼の表情はもっとひどかった。顔中で嫌悪感を表していたのだ。

——え。

もしかしなくても、この双子と父親である彼は仲があまり良くなかったりするのだろうか。

ふたりとはそこまで親しくないので込み入ったことは聞けないが、雰囲気でなんとなく察してしまい、どう答えていいものやら困ってしまった。

気まずい。この空気をどうにかして欲しいと思いルイスを見た……が、何故か彼もご機嫌斜めな様子だ。

——え、なんで？

助けてもらおうと思ったルイスまで機嫌を損ねていることに驚いていると、私の視線に気づいた彼はムスッとしながら口を開いた。

「どうして君は怒っていないんだ」

「え？」

「先ほど君は宰相に、私の婚約者として相応しくないと断じられたも同然なのだぞ。それを何故怒らないかと聞いている」

「あ、ああ……そういう」

なるほど。あからさまに侮辱されたにもかかわらず怒りひとつ見せない私の態度が、どうやらルイスはお気に召さなかったらしい。

だが、怒るほどのものだろうか。

私が国王の決めた婚約者であることは事実だし、実際私より彼の妻に相応しい女性はいくらでもいるだろう。何せ私は『好き嫌いがなくよく食べる女性』という理由で抜擢《ばってき》されただけの女なのだから。

思ったままをルイスに伝える。彼は理解できないという顔で私を見た。

「どうして君はそんなに自己評価が低いんだ」

「低い、ですか？　正しく認識していると思いますけど」

「正しくない。私に相応しい女性なんて君以外いないだろう」

「まあ、ルイスの趣味に付き合えるという意味では確かに……」

「違う、そうじゃない」

ルイスは苛立たしげに私の目を見た。綺麗な紫色の瞳に困惑している私が映っている。

「……ルイス？」

「君は、私が他の女と結婚してもいいと思っているのか」

「え」

はっきりと言われ、ぱちぱちと目を瞬かせた。

――ルイスが私以外の女性と結婚する？

「それは――駄目です」

考える前に答えが出た。ルイスを見つめ、きっぱりと言う。

これだけは宣言しておかなければならないという気持ちでいっぱいだった。

「ルイスの料理が食べられなくなるなんて困ります。絶対、私と結婚していただかないと！」

最早私は彼の作る料理の虜《とりこ》なのだ。その料理を二度と食べられなくなるなど、耐えられるはずがない。

「私を餌づけしたんですから責任は取ってもらわないと困ります」

真剣な顔でルイスに告げる。

ルイスは驚いたように私を見つめていたが、やがて実に重々しく溜息を吐いた。気落ちしたかのように肩が下がっている。

「……分かっていた。君はそういう女性だと分かっていたんだ」

「ルイス？」

「いや、もういい。私が悪かった」

「？」

聞かれたから答えたというのにどういうことだ。だがルイスは「もういい」と疲れたように言うばかりで取り合ってくれない。だから私は一番大事だと思うことをルイスに言った。

「とりあえず、帰ったらパフェをお願いしますね。約束ですから！」

「……」

その言葉にルイスがますます項垂れたが、どうしてそんなことになったのか、私にはさっぱり分からなかった。

「?」

「……まあいい。着実に君の胃袋を摑んでいるようだからな」

「ええと、それは、はい」

否定のしようがなかったので頷く。ルイスがボソリと呟く。

「順調といえば順調、か」

「ルイス?」

「なんでもない。さあ、着いたぞ。イチゴパフェが食べたいのだろう?」

「はいっ!」

馬車が停まり、ルイスが手を差し出してくる。その手に己の手を載せ、大きく頷いた。

そうだ、今何よりも大事なのはパフェ。

私はウキウキ気分で馬車を降り、着替えたあとはルイスの作った巨大なパフェをとても楽しくいただいた。

第六章　留守番くらいできると思っていました

私のお披露目の夜会も無事終わり、また少し時間が経った。

あれから特に何かが起こったということもなく、実に平和な日々を過ごしている。

ルイスの腕前は相変わらずで、私はすっかり彼が作る料理の虜になっていた。

◇◇◇

「今日のおやつは何かしら……」

とある午後、私は上機嫌で自室を出て階段を下りた。

今日ルイスは、城に出かけているのだ。あと、珍しくもアーノルドとカーティスも留守にしている。彼らは父親に呼び出されたとかで、非常に不本意そうな顔をして出ていった。

そういうわけで今、館内には私の他に誰もいない状況なのである。

とはいえ、護衛が全くいないわけではない。

館内にこそ入ってはこないが、外では城の兵士たちがしっかりと警備を行ってくれている。私をひとり残すことに懸念を示したルイスが、いつもよりも多くの兵を館周りの警備に残すよう命令したからだ。

私としてはそこまでしなくてもと思うのだが、何かあってからでは遅いと言われれば頷くより他はない。

館に入ってくるわけでもないので気にしないことにして、私は久方ぶりの完全なるひとりの時間を楽しんでいた。

「……誰もいないっていうのも、たまにはいいわね。すっごく気が楽」

館内だけでもひとりきりになれるというのは、悪くない。時々はこういうのもいいなと思いながら私は厨房に向かった。

ルイスたちの帰宅予定は夕方。そのため彼は私のためにおやつを用意してくれたのだ。

おやつはきちんと時間通りに食べるようにと言われ、以前つまみ食いをした前科のある私は、今度こそはとこの時間までちゃんと我慢していた。

私はやればできる子なのだ。……カーティスにも見せてやりたかった。

「……ええと、今日のおやつは、と。あら？」

作業台を見る。そこには二種類のおやつが置いてあった。クッキーとマフィン。どちらもよくルイスが作ってくれるものだ。

「二種類？　今日は二種類もおやつがあるの？」

珍しい。

普段、ルイスはよほどのことがない限り、おやつをたくさんは作ってくれない。それは何故かといえば、夕食に差し支えるからだ。別に私は大丈夫なのだけれど、作ってくれる人には逆らえない。

「……ひとりで留守番するから出血大サービスとか？」

まあ、あり得ない話ではないだろう。

少し考え、頷く。いつもの護衛もいない完全なひとりの留守番。可哀想に思ったルイスがドッキリで多めにおやつを用意してくれたとしても不思議ではなかった。

「ラッキー」

ルイスの厚意だと結論が出たので、ありがたくいただくことにする。

だが飲み物がないことに気がついた。

お茶なしでマフィンとクッキー。……かなり喉が渇きそうだ。

「……うーん。まあお茶くらい私でも淹れられるでしょう」

普段からルイスを見ているので、お茶の淹れ方くらいならなんとなく分かる。

「えーと、確かこの辺りに……あった」

厨房の隅の方で紅茶の茶葉の入った瓶を発見した。ルイスがしていたことを思い出しながらなんとかお湯を沸かし、適当に茶葉とお湯を入れ、蒸らす。

「……まあ、色は良い感じよね」

どれくらい置けばいいのか分からなかったのでその辺りは適当だ。食器棚からカップを取り出し、紅茶を注ぐ。

「あ、大丈夫そう」

それなりに良い匂いが辺りに立ち込めた。飲めないということはないだろう。

お茶の用意ができたので、マフィンとクッキーの皿を持って食堂に行き、椅子に腰かける。

「美味しそう〜」

まずはマフィンだ。その見た目は艶々としていて、バターがたっぷり使われている予感がする。

マフィンを手に取りふたつに割る。思った以上に柔らかく、ふわりと割けた。中にはレーズンが練り込まれている。これは絶対に美味しいやつだ。片方のマフィンを千切り、まずは一口。

「ふわっふわ……！」

さすがルイスの作ったマフィンである。

彼は、彼しか作れない日本食も絶品なのだが、普通の料理もものすごく上手いのだ。特に菓子類は下手な店で買うよりもよっぽど美味しい。

マフィンはふんわりとした食感が素晴らしく、更に上部のカリカリした部分が最高に美味しかった。レーズンとの相性もバッチリだ。

「ほんと、ルイスって王子様やってるのがもったいない人よね。店を開けば行列間違いなしなのに……」

彼からしてみれば、したいのは『世話』であって『店を開く』ではないというところなのだろうが、私としてはもったいないなと思ってしまう。

とはいえ、彼のこの料理を独り占めさせてもらっている現状に不満があるのかと言われれば、ない、とはっきり答えるのだが。

「は～、癖になる食感。さすがルイス……」

マフィンを食べ、ほうっと息を吐く。みっつあったのでまだふたつ残っている。あとで食べようと思いながら、自分で淹れた紅茶を口に含んだ。

「っ……まず……」

紅茶とは思えないまずさに、吐き出しそうになってしまった。

なんというか渋い。とてもではないが飲めたものではなかった。

「な、何……色は良いのになんでこんな……」

普段使っているもので淹れたはずなのに、どうしてここまで味が違うのか。ただの水を飲んだ方が百倍マシと言えるような味に涙が出た。

「最悪……。ええ？　紅茶ってこんなにまずくなるものなの？　いつもルイスが淹れてくれる紅茶は美味しいのに……」

自分で淹れた途端、悪魔の飲み物に変化した。渋みがまだ舌に張りついているような気がする。

これは口直しが必要だと思った私は、クッキーを手に取った。

「うう……クッキーでこのひどい後味がなんとかなるかしら……んん!?」

カリッと歯でクッキーを噛み砕く。咀嚼し、眉を寄せた。

——何これ、まずい。

いつものルイスのクッキーじゃない。彼の作るクッキーはいつだって甘さのバランスが絶妙で、サクッとした食感も噛んだ時に口内に広がる味も完璧なのだから。

「……珍しい。ルイス、失敗したのかしら」

ごくんと飲み込み、囓りかけのクッキーを見つめる。

誰にでも失敗はあると思う。だが、これ以上食べられないと思った。

食べかけで申し訳ないと謝りながらもクッキーを皿に戻し、代わりにふたつめのマフィンを手に取る。

「こっちは美味しいから、こっちだけ食べよう……うん、やっぱり美味しい」

ふたつめのマフィンはレモンが練り込まれていた。さっぱりとした味わいが、さすがルイスお手製と思わせる。

「やっぱりこれこそルイスって感じ……て、あ、れ……？」

急に、お腹の辺りが気持ち悪くなった。その気持ち悪さはあっという間に全身に広がっていく。

ぐらり、と視界が揺れた。

「え……」

すうっと気が遠くなる。

自分に何が起こったのかよく分からないまま、私の思考は暗闇に呑み込まれた。

◇◇◇

「――！　――、――‼」

ぐわんぐわんと頭の中が揺れている。ひどく気分が悪かった。誰かが何か言っている気がするが、何を話しているのかまでは分からない。

「……ん、何……」

「ロティ！」

「……ルイス？」

私を呼ぶ声に反応し、弱々しくではあるがその名前の主を呼ぶ。どこか遠くで聞こえていたような声がようやくはっきりとし始め、私はゆっくりと目を開けた。

「……え」

「よかった……！　気がついたか！」

「？」

今、自分がどういう状態にあるのか一瞬、理解できなかった。

いつの間に移動していたのだろう。私がいたのは寝室だった。ベッドに寝かせられている。そんな私の顔を心配そうに覗き込んでくるのは、まだ城にいるはずのルイスだった。

彼はベッド脇に椅子を移動させ、そこに座っている。その姿がなんだかひどくやつれているように見えた。あと、不思議なのだが、何故か寝室のカーテンは全て閉めきられており、部屋は薄っすらとした灯りしかついていなかった。

「なん……で？　ずいぶんと、早くない、ですか？」

ズキンズキンとこめかみがひどく痛む。顔を顰めながらその場所を手で押さえた。

部屋は暗いが、時間はまだ昼間のはず。夕方まで戻ってこないと言っていたはずの彼がどうしてここにいるのだろう。困惑しているとルイスが顔を歪め、声を震わせながら言った。

「……今は真夜中だ。君が……あのクッキーを食べてから半日が過ぎている」

「えっ……」

――半日？

冗談みたいな話にギョッとする。だって私はついさっき、おやつのマフィンとクッキーを食べて、それで――。

「あ……」

ようやく記憶がはっきりとした。私はルイスが作ってくれたおやつを食べているうちに気持ち悪くなって……多分、倒れてしまったのだろう。その辺りは覚えていないのでなんとも言いようがないが、そうなのだろうと思う。だって起きてからずっと身体のあちこちが痛い。

「ロティ」

「……はい」

名前を呼ばれ、返事をした。ルイスは怖いくらい真剣な顔で私を見ている。何か大事な話をされると察した私はじっと彼を見た。

「……私が君に用意していた菓子は、マフィンだけだ。クッキーは、作っていない」

「え……でも」

まるでセットで作ったかのように置いてあった。だが、ルイスは首を振る。

「誰かが知らぬ間に置いたのだろう。あれには……毒が入っていた。多分、私が出ていったあと、君が厨房にやってくる前に仕込まれたのだと思う」

「毒？」

思いもしないことを言われ、目を見開いた。身体を起こそうとする。だが、自分の意思とは反対に、ほとんど動かすことができなかった。

「え、あれ……」

力が入らない。頭も相変わらず痛くて、自分の身体なのに全く言うことを聞いてくれない。

「君は毒入りのクッキーを口にして倒れたんだ。幸いにも一口囓っただけだったから死には至らなかったが、丸々ひとつ食べていたら危なかった」

「……」

目を見開く。ルイスの語る言葉が、まるで異国の言葉みたいに聞こえていた。

ショックすぎて全然頭に入ってこない。

「なん……で……」

自分が殺されかけたのだと知り、言葉が出ない。

「解毒剤は飲ませたが、まだ影響は残っている。身体が自由に動かないのもそのせいだろう。倒れたせいかあちこち打ち身もあったが、それは治療済みだ。……ロティ。すまなかった。こんなことになるのなら、なんとしてもアーノルドかカーティスを残していくのだった。彼らならきっと気づいてくれたはず。これは君をひとりにした私のミスだ」

「ル、ルイス……」

泣きそうな顔をしてルイスが私に頭を下げる。私は慌てて彼の手を握った。

「ルイスのせいだなんて、そんなわけありません。二種類おやつがあるのを見て、怪しいと思ったのにまあいいかと食べた私も悪いんです」

おかしいとは思ったのだ。それなのに私は『きっとサプライズだ』なんて軽い気持ちで口にしてしまった。

「毒が入っていたっていうクッキー、めちゃくちゃまずかったんです。一口しか食べられなかった。きっと私、ルイスに餌づけされてすっごく舌が肥えちゃったんですよ。だからあれ以上食べる気になれなかったんだと思います。そう考えると、ルイスのおかげで命拾いしたってことになりますよね」

前までの私なら、きっと美味しくないなと思っても、一枚くらいは食べていたと思う。だが最近の私はすっかりグルメになっていて、美味しくないと思うとそれ以上食べる気になれないのだ。

よくない兆候だと思っていたが、今回ばかりはそれが良い結果に繋がった。

私の言葉を聞いたルイスがひどく情けない顔をする。

「ロティ……君は……」

「ですから、ルイスは気にしないで下さい。でも、どうしてあんなところに毒なんてあったんでしょう。私、誰かに恨まれていたのかな……」

身に覚えはないが、知らないところで恨みを買っているというのはこの世界では少なくない。特に私はルイスの婚約者としてお披露目されたし、嫉妬で……という線もなくはないと思っていた。嫉妬に駆られて、毒を使って人を殺す。

異常だと思うかもしれないが、貴族社会なんてこんなものなのだ。もっとドロドロとした、えぐい話だっていくつもある。

それでも、自分が誰かに命を狙われるほど嫌われているという事実はなかなかに受け入れがたいものだ。無理やり笑顔を作りつつも地味にショックを受けていると、ルイスが言った。

「いや、君とは限らない。……私を狙ったという方が可能性は高いだろう」

「え、でも……」

ルイスのいない留守中。しかも私のおやつに毒は入っていたのだ。どう考えても狙いは私だろう。

だがルイスは否定した。

「城から戻った私が先に口にする可能性もあるからな。それに私は王太子だ。命を狙われるのは日常茶飯事。普通に私だと考えるべきだろう」

「そ、そうですか……」

日常茶飯事のように命を狙われるというくだりに驚いたが、普通に考えれば、確かにルイスが狙われたと思った方がよさそうだ。

だって私を殺す理由なんてほとんどない。それこそ嫉妬、くらいしか思いつかないのだから。

そして嫉妬をされる令嬢に覚えもないのだ。前回、夜会に行った時も結局女性とは誰も話さなかったし、思い当たる人物がいない。
なるほど。どうやら私は人違いで殺されかけたらしい。なんだかがっくりと項垂れたくなったが
それと同時にどこかホッとしている自分にも気づいていた。
――私じゃなかったんだ。
現金な話だが、命を狙われたのが自分ではなかったと知り、安堵したのだ。だって見知らぬ人に
殺意を向けられているなんて信じたくない。自分がそういうことも起こりうる貴族社会に生きてい
ることは分かっているが、分かっているのと実際に狙われるのでは衝撃が違いすぎる。
でも。
――ルイスはこの恐怖を日常茶飯事だと言うくらいに味わっているのよね。
そのことに気づき、胸が痛んだ。
彼が言う通り、王太子である以上、血腥《なまぐさ》い争いから逃れることはできないのだろう。それはそう
だろうと思うし、仕方ないことなのかもしれないが、彼が今まで通ってきた道のりを考えると、胸
が潰れる思いだった。
「……ルイスは大変な思いをされてきたのですね」
ポソリと呟くと、彼は意外なことを言われた、みたいな顔をした。
「いや、こんなものは慣れだぞ。確かにキツかったこともあったが、今はなんとも思っていないか
ら気にするな。返り討ちにするのも楽なものだ」
「……でも」

「嘘は吐いていない。だから君が思い悩む必要はないんだ」

「……はい」

強めに言われ、首肯した。ルイスがそう言うのなら、納得はできなくても頷くしかない。なんとか己に言い聞かせていると、ルイスが申し訳なさそうな顔で口を開いた。

「その……ロティ。言いづらいのだが、しばらく君には実家である公爵家に帰ってもらいたいと思っている」

「え……」

突然の実家発言に青ざめた。

もしかして、私はルイスに婚約者失格の烙印《らくいん》でも押されたのだろうか。

「ま、待って下さい、ルイス。私、何かしてしまいましたか？」

彼とは上手くいっていると思っていただけに、実家に返されるとは考えてもいなくて、毒の話より混乱した。

「わ、私……」

取り乱し、彼を見る。目を潤ませると、ルイスはあからさまに動揺した。

「お、落ち着いてくれ。別に君がどうというわけでも、婚約を解消しようという話でもないから。むしろ私は絶対に君と結婚しようとしか思っていないから、破棄なんてあり得ない」

「は……はい」

絶対にというところを妙に強調された。とりあえず、別れるとかそういう話ではないらしい。

よかった。心底吃驚した。

今更、婚約を取り消すと言われたらどうしようかと思った。

そんなことになったら、ルイスの美味しいご飯が食べられなくなってしまう。

深く息を吐き出す私に、ルイスがまるで小さい子に言い聞かせるように言う。

「君に実家に帰ってもらいたいのは、今から今回の毒の件について調査をしたいからなんだ。犯人が再度似たようなことをしでかさないとも限らない。狙いはおそらく私だとは思うが、また君に狙いが行かないとも限らないし、できれば安全なところにいて欲しいと思っている」

「安全なところ、ですか」

「ああ。公爵家なら私兵も大勢雇っているだろうし、私も安心できる。何よりここは事件が起こった現場だ。君には、今回の犯人が捕まるまで実家で療養して欲しいと思っている」

じっと目を合わせてお願いされる。その目には私を心配する光しか見えなくて、それに気づいた私は首を縦に振った。

「分かり……ました」

「犯人を捕まえたらすぐにでも迎えに行く。だからそれまで大人しく療養に努めてくれ」

「……」

頷かなくてはと思うが、なかなかうんと言えない。そんな私の頭をルイスが優しく撫でた。

「何、一週間も待たせない。ほんの数日のことだ」

「……はい」

犯人を捕まえるのには動けない私がいても邪魔だろう。それは理解していたから、私はルイスの言う通り、公爵家へ一時帰宅することを決めた。

◇◇◇

――公爵家に戻ってきて、二日が経った。

突然の帰省に父や母はひどく驚いたが、ルイス自ら事情を説明してくれたこともあり、納得して私を受け入れてくれた。

ルイスと一緒に暮らしていた館で私が毒入りクッキーを食べたことを知った両親は、ひどく嘆き、もう大丈夫だと、決して怪しい者を私に近づけさせないと胸を叩いた。

そうして始まった突然の療養生活。

私は自分の部屋の寝室に引き籠もり、ただひたすら眠っていた。

解毒剤のおかげで毒は抜けたものの、身体にダメージを負ったのか、ひどく気怠《けだる》く、動く気がしなかったのだ。

とにかく眠くて、私は療養と言われたのをいいことに、昼間から惰眠を貪っていた。

だけど、毒の後遺症らしきものはそれくらいで、他に特筆するべきこともない。このどうしようもない怠さも日にち薬だろうと、医者に言われた私は、それならのんびりと身体を癒やそうと思っていたのだが――。

「……駄目。食べられない」

込み上げる吐き気が気持ち悪い。

私は、目の前のスープから視線を逸らした。

カラン、と持っていたスプーンを取り落とす。匂いだけで吐き気がした。

療養中だからと屋敷の料理人たちが気遣って用意してくれた病人食。それを私はただの一口も食べられなかったのだ。

——えっ、嘘。

自分が信じられなかった。

慌ててスプーンを拾い、料理人たちが私のために作ってくれた野菜スープを掬う。しっかりと煮込まれたそれはトロトロで、とても美味しいのだろうなと思ったのだが——やはり駄目だった。

どうしても口元までスープを運べないのだ。手が止まる。

匂いを嗅いだだけで無理だと思ってしまう。

「お嬢様……」

絶望の表情を浮かべた私を料理人たちが不安そうな目で見てくる。そんな彼らに、私は静かに頭を下げた。

「……ごめんなさい。まだ本調子ではないみたい。申し訳ないけれど、これ、下げてくれる？」

私が食欲の権化だということを知っている料理人、そして両親は青ざめた。

何せ私は今まで一度だってご飯を食べない、なんてことがなかったのだ。どんなにひどい風邪を引いた時でも、食欲だけはあったのに。

「ロティ」

父が私の名前を呼ぶ。心配そうなその声に、申し訳ないと思いつつも首を横に振った。

「ごめんなさい、お父様。……少し、私をひとりにして下さい」

「……分かった。皆、行くぞ」

部屋に誰もいなくなる。信じられないくらいにショックを受けていた。

だって私だ。ご飯を食べるのが何より好きな私が、食事を取れない？

そんなの、あり得ない。

「……きっと一時的なもの、よ。ちょっとショックを受けているから今は食べられないだけで……」

自分に言い聞かせるように言う。

そうだ。ご飯を食べられないなんて私じゃない。すぐに……そう、明日にでも食欲は回復するはず。しないなんてあり得ない。

「……そうよね、そう……きっと」

――それは、本当に？

もし、明日も食べられなかったら……。

「っ！」

思わず自分自身を抱きしめる。

震えるような恐怖がやってきて、耐えきれなかった私はその場でひとり静かに泣いた。

◇◇◇

私が食事を取れなくなって三日が経った。

水はなんとか飲めるので脱水症状にこそ至っていないものの、全く食事を取れない現状は問題だった。

両親は医者を呼び、どうにかならないか相談したが、精神的なものだろうということしか分からず、改善はできなかった。

ただ、栄養剤を注射してくれたのは助かった。水しか口にできない今の私は、口から栄養を取ることができない。このまま弱っていく一方かと本気で怖かったから、一日二回、医者が打ってくれる注射は本当にありがたかった。

「はあ……」

午前の注射を打ってもらったあと、私はベッドの上で上半身を起こし、溜息を吐いていた。

食事を取れないのがキツい。

栄養剤のおかげで今はなんとかなっているが、衰弱していくのは時間の問題だろう。

そっとしておいて欲しいとお願いしたからか、寝室には私以外に誰もいない。

枕元にはリンゴが置かれていたが、残念ながら食べる気にはなれなかった。

「……私、どうなっちゃったんだろう……」

声が震える。

言いながらも分かっていた。

私は、怖いのだ。口に食べ物を運ぼうとすると、毒を食べて倒れた時の恐怖を思い出し、身体が食べ物を拒絶する。

拒食症と似ていると医者が言っていたが、口に食べ物を入れることさえできないことを考えると、もっと質が悪いのではないだろうか。

「……紅茶も駄目なんて」

あの時、クッキーと一緒に飲んでいたのが紅茶だったせいか、紅茶も身体は受けつけてくれなかった。なんの味もしない水だけ。水と栄養剤。私は今、これだけでなんとか生きているような状態なのだ。

毒の後遺症らしきものはすっかりなくなったが、代わりに厄介なトラウマを抱えてしまった。

「はあ……」

もう一度溜息を吐く。医者は、時間が経てば徐々に回復するだろうと言っていたが、その時間とはどれくらいかかるものなのだろうか。もし半年とか一年と言われたら、私は絶望するしかないのだけれど。

己の不幸にやるせない気持ちになっていると、寝室の扉をノックする音が聞こえた。

「？　……はい」

一体誰だろう。そう思いつつも返事をすると、扉が開いた。入ってきたのはルイスだ。

アーノルドやカーティスはいない。彼、ひとりだけだった。

「ルイス……！」

久しぶりに見た婚約者の姿に心が躍る。

まさかこんなに早く来てくれるとは思わず、目を見開いた。

毒を仕込んだ犯人を捕まえたら迎えに来るとは聞いていたが、まだ数日はかかるだろうと思っていたのだ。

「ロティ、構わないだろうか」

「も、もちろんです……！　そ、その……あまりお見せできるような格好ではありませんが」

「気にしない。君は病人だろう」

キッパリと言い、ルイスは急ぎ足で枕元にやってきた。私の手を迷わず握る。

「あ……」

「すまない。迎えに来るのが遅くなってしまって……！」

「い、いいえ。そんな……ええと、犯人は捕まったのですか？」

ルイスがここに来たということはそういう意味だろう。尋ねると彼はしっかりと頷いてくれた。

「ああ、犯人は捕らえた。やはり君ではなく私を狙ったものだったようだ」

「そ、そうですか……。捕らえられたのですね」

彼の言葉を聞き、深く息を吐き出した。犯人が捕まってよかったと心から思った。

私が狙われたわけではなかったことにも安堵したが、それと同じくらい、いやそれ以上にルイスの命を狙った者が捕らえられたことが嬉しかったのだ。

だって、命を狙われるなんて怖い。それがなくなったというのなら、万々歳である。

それがたとえ一時のことにすぎなくても。

少なくともこれでしばらくの間はルイスの身も安全のはず……ううん、安全であって欲しいと思っていると、ルイスが私の手を握りながら口を開いた。

「そんなことより、先ほど公爵に聞いた。ロティ、食事ができないと聞いたが……」

「……あ……実は、その……はい、そうです」

言葉に詰まったが、観念して頷いた。

父から話を聞いているのなら、隠しても無駄だと分かったからだ。ルイスが痛ましげに顔を歪める。

「そうか……。おそらく原因は精神的なものだろうな」

「……はい。そうだと思います。一応、今は一日二回、栄養剤を打っているので大丈夫なのですけど」

「何を言っている。大丈夫なはずがないだろう」

なんとか笑おうとすると、ルイスが強い口調で私に言った。

「君は何よりも食べるのが好きな女性だ。その君が一番好きなことを奪われたのだぞ？　大丈夫であるはずがない。その感情を隠すな」

「……ルイス」

目を見開く。

激しい言葉に、胸を打たれた。

ルイスが私を思い遣《や》ってくれるのが嬉しい。

だからか、正直な気持ちが口から零れる。

「ありがとうございます。実は……本音を言うとすごく悲しくて……今も、どうしてこんなことになってしまったんだろうって思っていたんです。食べられないって、思っていたよりずっとつらくて……」

そうしてポツポツと語っていく。野菜スープを食べようとして無理だったこと。果物も、紅茶も全く駄目だったと話すと、ルイスは真剣な顔で頷いた。

「言いたくなかったら答えなくても構わないが、参考のために聞かせてくれ。どうして食べられなかったのか、食べようとした時、どんな気持ちになったのか覚えているか？」

その言葉に、私は黙って首を縦に振った。

言いたくないというよりは、誰かに聞いて欲しい。

口にすることで何かを変えることができるのではないだろうか。そう考えたからだ。

「……私が思ったのは、また、毒が入っていたらどうしようって。……そんなわけないって分かってはいるんです。ここは私の家だし、皆、優しくて、毒なんて入れられるはずがない。でも……食べ物を口にしようとすると『もしかして、これにも毒が入っているかも』という気持ちになってしまって、そうしたらもう怖くて……吐き気がして……」

食べることなんてできなくなっていた。

考えすぎだということは分かっている。だけど駄目なのだ。

また、毒物が仕込まれていたら。そう思うと、口にものを入れることすら難しい。

「……そうか」

私の話を聞き終え、ルイスは考える素振りを見せた。椅子から立ち上がる。

「……ひとつ、試してみたいことがある。構わないか」

「？　はい」

問いかけられ、頷いた。

ルイスが何を試したいのか分からなかったが、彼はそれ以上説明しなかった。私に断り、部屋を出ていく。

「三十分ほどで戻るから、大人しく待っていろ」

「……はい」

彼が何をするつもりなのか分からないが、とりあえず言われた通り待ってみよう。他にできることがあるわけでもないし。

ぼんやりとベッドの上で三十分、ルイスに言われた通りに待っていると、ほぼ時間通りに彼が部屋へと戻ってきた。トレーを持っている。その上には大きめのスープ皿が載せられていた。

スープ皿からはできたてであることを示すかのように湯気が立ち上っている。

「……ルイス？」

「待たせたな。公爵に許可を取り、厨房を使わせてもらっていたんだ」

「……お父様に？　え、どうして……」

話についていけない。吃驚していると、ルイスはベッドの側にある小ぶりのテーブルを引き寄せ、その上にトレーを置いた。

「作り方を思い出すのに少し時間がかかったが、味は問題なかった。火傷《やけど》しないようにな」

「え、えーと……」

スプーンを差し出されて戸惑う。

彼が何をしたいのか分からない。だって私は、つい先ほど、彼にご飯が食べられないと、怖いと告げたばかりなのだから。

「ど、どうして……こ、こんなことをしていただいても私……」

せっかくルイスに作ってもらっても、今の私では食べられない。

それが申し訳なくて泣きそうになる。

「ルイス、私」

「いいから食べてみろ」

「で、でも……」

無理やりスプーンを押しつけられた。それ以上強く拒絶することもできず、受け取る。仕方なくベッドサイドに腰かけ、スープ皿を覗き込んだ。

——きっとまた気分が悪くなるんだ。

憂鬱な気持ちでスープ皿の中身を確認する。そこには私の全く知らない料理があった。

「え……」

スープ皿の中に米が浮かんでいる。スープは白く濁っており、米はドロドロに溶けていた。

こんなもの見たことがない。

「な、なんですか……これ」

「これは、『おかゆ』というものだ。日本でのいわゆる病人食だな。米をたっぷりの湯で炊いている。味つけは塩だけだ。つまりは、塩がゆだな」

「『おかゆ』……」

初めて聞いた料理名だ。

ルイスからは日本の料理や文化について色々聞いているが、この『おかゆ』というのは初耳だった。

「……」

スープ皿に入ったおかゆをじっと見つめる。未知の料理に期待はあったが、また食べられなかったらどうしようという恐怖があった。

そのせいかなかなか食べるという行動に移せない。

意気地のない私を見かねたのか、ルイスが言う。

「ロティ、よく考えてみろ」

「？　何を、ですか？」

顔を上げて、ルイスを見る。彼は何故か微笑みを浮かべていた。

「君はさっき言った。食べようとすると、毒が入っているかもしれないと思い、拒絶反応が出る、と。だが、その料理はどうだ？　今、私が作ったものだ。私以外誰も触れていない。ついでに言えばその料理は私しか作ることができない。それは君も知っているだろう？　それでも毒が入っていると、そう思うのか？」

「あ……」

すとんと何かが胸に落ちた気がした。

ルイスの言葉がじわじわと頭に浸透していく。

おかゆをもう一度じっと見つめる。

この料理は間違いなくルイスが作ったもの。日本料理はルイスしか作れないということを私は知っているし、彼が私に毒を入れるはずがないことも事実として知っている。そして、彼が目を離していないというのなら、誰かに毒を混入されたなんてこともあり得ないのだ。

つまりそう、これは絶対に安心と言える食べ物。

「……」

恐る恐るスプーンをおかゆに近づける。米特有の良い匂いがした。……今のところ、拒否感は覚えない。

多分、これが普通の、たとえばコンソメスープとかだったら、ルイスが作ったものでも駄目だったと思う。どこにでもある、誰でも作れるものだから。きっと本能的に拒絶してしまっただろう。

だけどこれは『おかゆ』だ。日本料理。異世界の記憶があるルイスしか作れない、他の誰にも作れないもの。

この世界に普通なら存在しないものだ。ルイス以外は誰もそれを知らない。

彼以外に作れないもの。たったひとつ、これだけ。この料理は今、この時、私のためにだけ作られたのだと、私のためにだけここにあるのだと、その事実が私の背中を押した。

――毒なんて入ってない。入っているわけがない。

これを作れるのは彼だけなのだから。

「……あ」

気づいた時にはスプーンでおかゆを掬っていた。恐る恐る口に運ぶ。普通ならこの段階で吐き気がして、食べることを拒絶してしまうのだが……不思議とそんな気分にはならなかった。むしろその逆で、食べてみたいという気持ちになる。これはどんな味なのだろう。どんな喜びを私にもたらしてくれるのだろうという感情が湧いてくる。

久しぶりに湧き起こった気持ちに戸惑いながらも私はおかゆを一口、口に含んだ。

「あ」

柔らかく解けた米の甘みと、あとからじんわりくる塩分がひどく優しかった。トロトロに溶けた米はするりと喉奥を通っていく。

「……美味しい」

ポロリと涙が零れた。

久しぶりに食物が体内に入る感触に、表現できないほどの歓喜が込み上げてくる。

「あ……あ……」

震える手でもう一口。やっぱりだ。ちゃんと食べられる。食べたいと思える。

「あああああ……」

スプーンを取り落とした。

ボロボロと涙が流れ落ちる。ただ、食事を取れた。それだけなのに嬉しくて嬉しくて、身体全部がホッとしたような、そんな気持ちになった。

泣くのをやめたいのに止まらない。零れ続ける涙と嗚咽《おえつ》。必死で止めようとしてもしゃくり上げるだけになってしまう。

「ロティ」

「ル……ルイス……私……」

涙でグチャグチャになった顔でルイスを見る。視界がぼやけていたが、彼となんとか目を合わせた。

「わ、私……食べられました……おかゆ」

「ああ。見ていた」

「……嬉しい」

噛みしめるように言う。

もうこのまま食事を取れなくなってしまうのではないか。もう二度と、楽しい気持ちでご飯を食べることができなくなるのではと不安になっていた心をルイスの料理は吹き飛ばしてくれた。

それが本当に嬉しくて、私は彼に向かって頭を下げた。

「あり……ありがとう……ございます……。ルイスのおかげです……」

ルイスは不安と恐怖を打ち払ってくれた。大丈夫。きっとこれからどんどん身体は良くなっていくし、食べ物だって好きなものを食べられるようになる。自然とそんな風に思えてくる。

たった二口、おかゆを食べただけだということは分かっている。だけど、私にはとても大きな一歩だったのだ。

喜びに打ち震える私の頭を、ルイスの手が優しく撫でる。髪をかき混ぜるような撫で方が、なんだかとても擽ったかった。

「……君から話を聞いて、多分、日本料理なら大丈夫ではないかと考えたんだ。異世界の料理は私しか作れないものだから、『もしかしてこの料理に毒が入っているかも』なんて疑わないだろう？君が――安心できるのではないかと思って」

「ありがとうございます……」

彼の言葉に何度も頷いた。噛みしめるように言う。

「でも多分、ルイスが作ったものだとしても、その……異世界の料理以外は拒絶してしまったと思います。あり得ないと分かっているのに……毒が入っていたらと考えてしまうから。『知っている料理』全てに拒絶反応を覚えていたのかなと今は思います」

理屈ではない。反射的にそう思ってしまうのだ。

この『料理』にはまた毒が仕込まれているのではないか、と。

だけどルイスの作る異世界の料理にはそんな気持ちを抱かなかった。想像もしなかった。それは何故か。

彼の作る料理は、未知のものだからだ。

知っているものに対しては恐怖を抱きやすい。たとえばサンドイッチ。バターに毒が塗り込められているのでは、などと具体的な考えを引き起こしてしまうのだ。

だけど、知らないものに対しては、そんな考えも抱きにくい。つまり、毒が入っている想像ができなかった。どちらかというと、どんな味なんだろう。これはなんなのだろうという考えが先にきたのである。

そして極めつきが、彼『しか』作れないという事実。

結果として私は毒に怯えることなくおかゆを食べることができた。

ルイスが作る日本料理なら大丈夫だと身体全部で理解してしまったのである。

それはつまり――。

「私……もしかしたら……ルイスの作るご飯以外は食べられなくなっているのかもしれません」

辿り着いた結論に声が震える。それはあまりにも恐ろしい話だ。ルイスがいなければ、私は生きていくことすら難しいという話になるのだから。

「ごめんなさい。私、ルイスにとんでもないご迷惑を……」

こんなのお荷物以外の何ものでもない。楽しく美味しく食べるだけが私の取り柄で趣味だったのに、それすらなくして、ただ、ルイスの世話になり続けるなんて恐怖しかなかった。

——お荷物なんて嫌だ。

震える私をルイスがそっと抱き寄せる。

「何も問題ない。私はずっと君の側にいるのだから」

「ルイス?」

きゅっと彼の服を握り込む。私を抱き込む力が強くなった。

「大丈夫、大丈夫だ。何も憂える必要はない。それに、もし君が言う通りになったとしても、大歓迎だ。……私は、君を甘やかしたくて仕方ないのだから」

「でも……」

「私の趣味を君はもう忘れたか? 君を世話できるのは私にとって喜びでしかない。何も心配しなくていい。だからそれ以上気にするな。分かったな?」

「……はい」

優しい言葉に恐怖が少しずつ解けていく。

慰めで言っているわけではない。彼が本気で思ってくれているのが伝わってくる。

「ルイス……ありがとうございます」

側にいてくれて。

優しい言葉をくれて。

彼が大丈夫だと言ってくれるのならきっと大丈夫なのだろう。

安堵からポロリと一粒涙が零れる。

「……君は私が守る」

その言葉を聞き、目を閉じた。ルイスの温かい腕の感触に身を委ねながら、私はもう一度涙を流し、この人がいてくれてよかったと心から思っていた。

間章　ルイスフィード2

「殿下、ありがとうございます」

ロティを泣きやませ、部屋を出ると、彼女の父親であるグウェインウッド公爵が私に向かって頭を下げていた。立ち止まり、声をかける。

「公爵」

「娘は、この数日ずっと塞ぎ込んでおりました。食べることが何よりも好きな子だったのに、何も食べられなくなったと、誰も近寄らせないでひとりきりで……」

その時のことを思い出しているのか公爵の声は震えていた。

「殿下のおかげであの子は食事を取ることができるようになりました。殿下にはなんとお礼を言えばいいのか……本当に殿下がいて下さってよかった」

「気にするな。ロティは私の婚約者だ。婚約者のために骨を折るのは当然だろう」

「……殿下。そこまで娘のことを」

感動に打ち震えた様子で公爵は再度深々と頭を下げた。

「殿下、どうぞ娘を末永くお願いいたします」

「もちろんだ」

むしろ、嫌だと言われても絶対にもらい受ける所存だ。だが、父親がこちらの味方になってくれたのはありがたい。

父公爵と少し話をして、ロティをすぐにでも館へ戻すようにと命じる。彼は終始私に好意的で、明日にでも彼女を館へ送ると約束してくれた。

「ロティも殿下のお側にいる方が落ち着くでしょう。殿下のお作りになった食事なら手をつけられるようですし。……しかし殿下が料理をなさるとは存じませんでした」

「王子として相応しくない趣味だということは分かっている。黙っていてくれると嬉しい」

私の言葉に、彼は真剣に頷いた。

「もちろんですとも。娘はそのおかげで元気を取り戻したのです。感謝こそすれ、告げ口などもってのほか。私から何か漏れることはないとお約束します」

「助かる」

小さく息を吐く。公爵を見ると、彼は何かを思い出すような顔をしていた。

「公爵？」

「いえ、あなたの料理を食べた時のロティは、本当に幸せそうな顔をしていたなと思い出しまして」

「そうか？　そうだと嬉しいが」

「ええ、間違いなく」

そう言う公爵の顔は確信に満ちていた。

実は先ほどロティの部屋に入った時、扉を閉めきることはせず、少しだけ開けたままにしていたのだ。彼女の家族に配慮したからなのだが、心配した公爵はこっそり覗いていたらしい。それくらいは予想の範疇《はんちゅう》だったので驚かない。

その時の彼女の様子を見て、公爵はすっかり私を信頼してくれたようだ。

公爵に別れを告げ、屋敷を出る。馬車に乗り、思うのはロティのことだ。

私の作ったものなら食べられるのだと泣いた彼女を思い出すと喜びで全身がゾクゾクする。

——ああ、もっと彼女を私で埋め尽くしてしまいたい。

不謹慎だと分かってはいたが、私に縋ってくる彼女がどうしようもなく愛おしくてたまらなかった。

「……殿下」

「なんだ」

私の前の席に座ったアーノルドが話しかけてきた。彼女のことを考えるのをやめ、彼に視線を向ける。彼の隣にはカーティスがいて、彼もアーノルド同様私を見ていた。

「どうせ彼女のことを考えていたのでしょうけど、お顔がすごいことになっていますよ」

「悪党の顔じゃん。ウケる」

「……」

歯に衣着《きぬ》せない物言いをするふたりに、思わず顔が渋くなる。ロティに対し、自分がかなりの執着を抱いていることは分かっているが、悪党などと言われるのは心外だ。

「純愛と言ってくれ」

「純愛と言うには、ずいぶんと悪い顔をしていらっしゃいました」

「それは元からだ」

「なるほど」

アーノルドが笑う。

自分で言い出したことではあるが、納得されるのもそれはそれで腹が立つ。

それより彼らには聞かなければならないことがあった。

声音が変わったことに気づいたふたりが揃って姿勢を正す。カーティスが口を開いた。

「――アレは吐いたか」

「アーノルドの尋問であっさりとね。やっぱり宰相の命令だってさ。殿下の婚約者を殺して、空いたその席に自分の娘を送り込むつもりだったんじゃね？」

カーティスに続き、アーノルドも薄っすらと笑みを浮かべ同意する。

「ええ、その線が妥当ですね。それについては名前こそ出ませんでしたが、まず間違いなく僕たちの父もかかわっているかと。宰相の腰巾着め。あの男が僕たちの父親だという事実が腹立たしい。恥を知れ」

最後の言葉を吐き捨てるように言ったアーノルドにカーティスが全くだと言わんばかりに頷く。

このふたりは、自分たちの父親を忌み嫌っている。

彼らの父は、女子供に容赦なく暴力を振るう男で、昔から彼らとその母親は大変な目に遭ってきたのだ。殴る蹴るは当たり前。ストレスを己の妻や息子たちにぶつける父親を、アーノルドとカーティスは憎しみを込めて見つめてきた。

いつの日か、彼に復讐《ふくしゅう》してやろうと。傷だらけの母親をこれ以上不幸にさせるものかと彼らは自身に誓ったのだ。その復讐の第一歩として、彼らは私の騎士になることを決めた。

私が侯爵のような人間を嫌うことを知っていたからだ。

侯爵自体は息子たちが私付きになることを反対しなかった。

彼らの父親は、典型的な権力におもねるタイプの人間で、彼自身、彼を引き立ててくれた宰相には絶対の忠誠を誓っている。

宰相は身内贔屓がひどいクズのような男。彼も昔は尊敬できる政治家だったらしいのだが、ここ十年ほどは見る影もない。私腹を肥やし、会議では自らがまるで王であるかのように振る舞っている。

当然そんな宰相を、私も父もよくは思っていないが、彼には侯爵を始め、とにかく味方が多すぎた。長い間、宰相に甘い汁を吸わせてもらってきた者たちの総数を考えると、すぐさま動くのは難しいのだ。煮え湯を飲まされている者も同じくらい多いけれど。

そんなクズとしか言いようのない宰相が次に目をつけてきたのが、私の妃《きさき》の座。

己の娘を妃に差し出し、将来的には裏から私――いや、国を操ろうと狙っているのだろう。

彼からしてみれば、私は『前世の記憶がある』などと言う愚かな王子。娘ひとり差し出せば、すぐにでも操れると考えているのが手に取るように分かる。

本当に鬱陶しい。いい加減、引退すればよいものを。

誰が、彼の娘など娶るものか。

実際、父に婚約者の希望を聞かれた時も、宰相の娘だけはごめんだと言っておいた。父も同意見だったようで、それについてはすぐに頷いてくれた。

しかし、私に己の娘以外の婚約者ができたことが、宰相はよほど気に入らなかったのだろう。

夜会での彼の発言からもそれは窺い知れる。

父に話をする、なんて言っていたが、決まったことだと手ひどく断られたのだろう。

父は私がロティと上手くいっていることを喜んでくれている。そんな父がクズの言うことに耳を貸すとは思えない。

だが、そのせいであのクズはロティを狙った。

安心させるために彼女には狙われたのは私だと言ったが、本当はそうではない。正真正銘、狙われたのは私の妃となる彼女だった。

婚約を解消させられないのなら、彼女を亡き者にしよう。そして空いたその席に娘を座らせようというくだらない目的。それにロティは使われたのだ。

自分勝手すぎる計画に反吐《へど》が出る。私のロティを狙おうなど到底許せることではない。

「……申し訳ありません。彼女が狙われた件については僕たちも迂闊《うかつ》でした。父の呼び出しになど応じなければよかった。どうせくだらない用件しかないのだから」

アーノルドが顔を歪ませながら謝罪の言葉を紡ぐ。

あのロティが毒に倒れた日、おかしなことに警備の兵の数が異様に少なかったのだ。あの日は私もふたりの騎士も留守にするから、いつもより多めに警備を配置するよう命じていたのに。帰った私が見たのは、普段よりも少ない数の兵士たち。

それに気づいた時、嫌な予感がした。何かよからぬことが起こっているのではとゾッとした。

城に勤めている騎士たちは皆、双子の父の管轄下にある。侯爵は近衛騎士団の団長で王宮関連の守備は彼が一手に引き受けているからだ。

宰相に命じられた侯爵が故意に兵を減らし、できた隙に乗じて、実行犯が毒入りのクッキーを仕込む。それを留守番していた彼女が口に入れる。

筋書きはこんな感じだろう。私たちはそれにまんまと嵌められたとそういう話なのだ。

アーノルドとカーティスの両方共が呼び寄せられる。私が城に行っている日に。

どう考えてもおかしいと警戒し、兵を増強させたのだが、その兵に直接命令を下せる存在のことまで思い至れなかったのは私のミスだ。

それが分かっていたから私は言った。

「いや、お前たちだけのせいではないだろう」

「殿下……」

「宰相とお前たちの父親が繋がっていることは分かっていたことだ。それにもかかわらず、対策を十分に取ることができなかった私のミスだ。私のせいで彼女は毒に倒れたのだ」

彼女を発見した時のことを、まるでついさっきのことのように思い出せる。

あの日、城から帰った私は、兵の数が少ないことに疑問を抱きながらも館の中へと入った。

館の中は嫌になるくらいに静まりかえっていた。部屋を覗いてもロティはいない。焦燥に駆られながらも彼女を探し……そうして食堂で倒れているロティを見つけたのだ。

「ロティ！」

あの光景は忘れられない。

心臓が止まるかと思った。

顔色を蒼白にし、床に倒れた彼女は意識を失っていた。呼吸はあるが、ひどく浅い。皿には食べかけのクッキーがあり、まさかと思った私はその匂いを軽く嗅いだ。

「……毒だ」

国に唯一の王子という立場上、私は命を狙われることが多い。そのおかげとは言いたくないが、毒物には詳しかった。甘みの中にほのかに混じるこの独特の匂いは間違いない、即効性のアヴェリアという名の毒。苦しむことはあまりないが、致死量を服毒していれば、まず助からない。

彼女が何を服毒したのか理解した私は、大声で叫んだ。

「アーノルド！　医者を呼べ！　今すぐにだ！　ロティがアヴェリアを飲んだ！」

「……アヴェリアを!?　はい、今すぐに！」

アーノルドが血相を変えて館を飛び出していく。

私は彼女を抱き寄せ、その脈を取った。

どんどん弱くなっていく脈拍。頭の中が真っ白になるかと思った。

――もし、ロティを失ったら……。

考えただけでゾッとした。まだかまだかと医者を待ち、アーノルドが連れてきた医者に彼女を診せる。幸いにも発見が早かったのと、毒の特定ができたこと。そして何よりロティが毒を一口しか口にしていなかったため、命に別状はなかったが、あの時は本当に肝が冷えた。彼女の命が消えてしまうのではと本気で思ったのだ。

あんなに恐ろしい思いは二度とごめんだ。

彼女を実家に送ってからは、本気で犯人捜しを行った。幸いにも館を警固していた兵士の中にふたりほど犯人らしき人物を目撃したという者がおり、彼らの証言により、そう苦労することなく捕まえることができた。

最初は兵士たちも犯人側の共犯者かと疑ったが、彼らはただ上から命じられただけで何も事情は知らされていない。それが今回はこちらに有利に働いたというわけだった。

カーティスが該当の人物を発見し、今は城の地下牢に入れている。

最初、犯人は口を噤《つぐ》んで何も吐かなかったが、どうやらアーノルドが口を割らせたらしい。

彼は肉体よりも精神にくる拷問を得意としている。きっと耐えきれなかったのだろう。

「……宰相は、自分は関係ないと言い逃れるでしょうね。トカゲの尻尾切りはあの男の得意技です」

「だろうな」

アーノルドの意見に同意する。

今回、犯人が宰相の名前を吐いたが、それで彼を失脚させられるとは思っていない。自分は知らないと言い張り、逃げきるだろう。あれはそういう男だ。

そうしてまた、虎視眈々《こしたんたん》と次のチャンスを狙うのだ。多分、まだ彼は娘を私の婚約者にすることを諦めていない。ロティのことはこれからも狙い続けるだろう。

カーティスが苦い顔で言った。

「……殿下は、オレたちは悪くないって言うけどさ、今回の件はやっぱりオレたちにも責はあったって思うんだよ。あの子が死にかけたのはクソ親父が兵士たちに手を回したせい。それは間違いない。だからさ、二度とこんなことがないようにする。次は絶対にない。狙われたって、オレが守る」

「カーティス、僕たち、ですよ。そこに僕も入れて下さい」

「ん、ごめん」

真剣な顔をして頷くカーティス。普段は軽い言動が目立つが、実はアーノルドよりよほど真面目な性格をしているのが彼なのだ。

「絶対に守ろう、アーノルド。……殿下の大事な人をさ」

「ええ、そうですね。あの父にひと泡吹かせることにも繋がりますし」

頷き合うふたりを黙って見つめる。

彼らの決意に水を差すような真似はしない。ロティを守ってくれるという言葉は私にとってありがたいものでしかないし、今後を考えても任せるべきだと思うからだ。

アーノルドが思い出したように言う。

「そういえば、捕らえた犯人ですが、どうなさいますか？」

「父上に報告したあと、法に則ってという話になるだろうが……おそらくその前に宰相の手の者が処分に来るだろうな。自分の名前を出した者を彼が許すとは思えない」

「でしょうね。兵を多めに置きますか？」

「いや、要らないだろう」

兵を増やしたところで、どうせ侯爵に手を回させるだろうし、こちらとしても処分してくれるのならありがたいくらいだ。

「放っておけ」

「よろしいので？」

「ああ。その辺りも父上に話しておこう」

「分かりました。では、そのように」

アーノルドが頷く。最後に彼らに言った。

「今の話、絶対にロティにはするな。彼女にはこのまま、狙われたのは私だと思ってもらう」

自分が狙われた、今後も狙われ続けると知れば、ロティはショックを受けるだろう。毒のことで弱っている今の彼女に、これ以上余計な負担をかけたくない。

私の真意に気づいたふたりがしっかりと頷く。

そうだ。今度こそ彼女のことは私が守る。

何者もロティに近づけさせはしない。

この世界に転生したと気づいてから二十年弱。ようやく得ることのできた、私にとっての唯一無二の女性。彼女とこのまま結婚することが私の望みだ。

それを邪魔する者は容赦しない。

「ロティには笑っていて欲しいからな」

彼女には、私の作るものを食べて、ずっと笑顔でいてもらいたい。

異世界の話に目を輝かせる彼女を、私は何物にも代えがたいほど愛しているのだから。

「……君は私が守る」

先ほど彼女に告げた言葉を小さく呟く。

私にしがみつき、泣きじゃくる彼女がひどく愛おしかったことを思い出し、私は微かに決意を固めた。

終章　どうやらルイスは私が好きなようです

一時はルイスの作るものしか食べられないかもしれない、彼に終生にわたり迷惑をかけてしまうかもしれないと絶望した私であったが、時間が経つにつれ、少しずつ改善の兆しが見えてきた。

捕まえたという犯人については、私は詳細を聞かされていない。体調を悪化させる可能性があるから聞かない方がいいと言われれば、現在進行形で療養中の身としては頷くより他はなかった。

それに本音を言えば、犯人がどうなったか……なんて聞きたくなかったし。

犯人はルイスを狙っていたと聞いた。王族を殺そうとしたのだ。王族殺しは死刑と決まっている。

それがたとえ未遂であっても、だ。

だからなんとなく犯人の末路に想像がついてしまった私は、それを直接ルイスから聞きたくなかったのだ。たとえ悪人でも『処刑』というのは言葉だけでも恐ろしい。

臆病でずるいと分かっていたが、触れずに済むのなら触れたくはなかった。

犯人が捕まり、無事事件が解決したということで、私はあれからすぐにルイスと暮らしていた館へと戻った。

当初は本気で彼の作ったもの以外は口に入れられなかったので、世話をしてもらうためという意味もある。

「世話なら私に任せておけ」

お手数をかけて申し訳ありませんと頭を下げた私に、ルイスは輝かんばかりの笑みを浮かべてドンと胸を叩いた。

療養する私の面倒を見られるのが相当嬉しいらしい。思いきり世話ができる名目を得たルイスは、それこそ水を得た魚のようだった。今まで以上に私に張りつき、嫌な顔ひとつせず……というか嬉々として世話を始めた。

それを見ていれば、彼が心から楽しんで私の世話をしているのが分かってしまう。

彼の撥剌《はつらつ》とした様子は、罪悪感に押し潰されそうになっていた私の心を救ってくれた。甘えてもいいのだと、気持ちがとても楽になった。

そんなわけで彼は実に甲斐甲斐しく私の世話をしてくれたのだが、今が好機とばかりに風呂の介助をしようとした時には本気で参った。

いくら婚約者とはいえ、無理なものは無理なのだ。お風呂だけは勘弁してもらいたい。

とはいえ、毒で体力を極限まで失った私にひとりでお風呂というのは正直難しい話だった。仕方なく私はルイスと交渉し、実家からメイドをひとり寄越してもらうことに成功した。

洗濯物をいつも取りに来てもらっていた彼女だ。

そのメイド――アビーには主に入浴の介助をお願いしているが、その他にも異性にはお願いできない細々したことを彼女には頼んでいる。

できればこのまま彼女を雇い続けさせてはくれないだろうか。そうさせてくれると、ものすごく助かるのだけれども。

ルイスが毎日、栄養バランスを考えた料理を作ってくれるので、身体はかなり回復してきたと思う。最近では、前庭を散歩できる程度には元気だ。

双子の護衛――アーノルドとカーティスには、こちらに帰ってきたあとに何故か謝られた。守れなくて申し訳なかったと頭を下げられたのだが、そもそも彼らは何も悪くない。毒入りクッキーを食べたのは紛れもなく私の責任だ。実家に呼ばれて出ていただけの彼らを責めるつもりは毛頭ないのでそう素直に答えた。

それでもまだ気にしているようだったから、「今度、つまみ食いをしているのを発見した時はルイスに報告せず、見逃して下さい」と頼んでおいた。

たまにルイスに気づかれないよう、こっそり隠し持ったおやつを食べるのが以前の私のちょっとした楽しみだったのだ。大体は双子のどちらかに気づかれて、ルイスに密告され、取り上げられてしまっていたのだが。

まだそんなことをする元気はないが、そのうち可能になるはず。いや、なってみせる。そしてそうなった時に、彼らには私の敵に回らないで欲しいなと思ったのである。何せルイスは私を徹底的に管理したがるので。

別にそれは困っていないのだが、食べ物に関してだけはもう少しお目こぼしが欲しいなと思ってしまうのである。

◇◇◇

事件からしばらく経ったある日の夜、私はいつも通りルイスによる髪の手入れを受けていた。

最早すっかり慣れた光景。

ドレッサーに座る私に、ルイスは上機嫌でブラシを通していく。

お風呂を手伝ってくれたアビーはすでに下がっている。ルイスが追い出したと言うのが正しいが、彼はとにかく私の世話をひとりで焼きたがるのだ。

風呂上がりだから水分を取るようにと言われて渡されたのは、ほんのりとレモンが香る水だった。さっぱりとしていて、全身に染み渡っていくような気がする。あとは、小腹が空いたと訴えた私のために、果物を用意してくれていた。ウサギの形に切られたリンゴだ。フォークに刺し、一口。

「美味しい」

シャキッとした歯ごたえも、舌をとろけさせる甘みも非常に私好みだ。

思わず零れた言葉に反応したルイスが、私の髪を整えながら頷く。

「リンゴも問題ない、か。私が用意したものなら、日本料理でなくとももう大丈夫そうだな」

彼の指が私の髪を梳く。ルイスの指は長く、とても綺麗なのだ。頭皮に触れられる感覚が気持ち良くて、私は目を瞑った。

「はい。ちょっとずつですけど、食べられるものが増えてきました。あ、そうだ。聞いて下さい。

「今日、初めて実家の料理人が作ったお菓子が食べられたんです！」

思い出し、パチッと目を開ける。

毒のことがあってから、ずっとルイスの作るものしか食べられなかった私だったが、今日、初めて実家の料理人が持ってきてくれたケーキを食べることができたのだ。

実験という名目で持ってこられたイチゴがたっぷり載ったケーキ。

無理ではないかと思ったが、拒絶感は少なく、きちんと食べきることができた。ケーキを作ってくれた料理人たちも喜んでくれたし、私もとても嬉しかった。

「少しずつ良くなっているって実感できました」

回復していると自覚できるのはすごく励みになる。

喜びを分かち合いたくて報告する。ルイスは目を細めながら聞いてくれた。

だけど、鏡越しに見るルイスは、どこかがっかりしているようにも見える。不思議に思った私は彼に聞いた。

「……ルイス、どうしたんですか。なんだか……落ち込んでいるように見えます」

「落ち込んでいる？　……いや、でも確かに、そうかもしれないな」

私の言葉にルイスは今初めて気がついたという顔をして微笑んだ。ちょっと困ったように眉を下げる。

「……君には申し訳ないが、些《いささ》か残念だと思ってな。私が作るものしか食べられないというのはとても気分が良かったのに、もうそんな君を堪能できなくなったのかと」

「え」

思わず振り返った。何かの冗談かと思ったが、どう見てもその顔は本気である。

「ル、ルイス？」

ルイスが持っていたブラシを置く。そうしてじっと私を見つめてきた。

「君を形作るものは全て私の用意したものでありたい。それを実現できた現状は私には最高に幸せだったのだが……そうか……私の作ったもの以外も食べられるようになってしまったのだな」

この人は何を言っているのか。

ポカンと口を開け、ルイスを凝視する。

今の台詞は、まるで行きすぎた独占欲のように感じたのだ。

「あ、あの……ルイス、大丈夫ですか？」

「？　何がだ？」

何を言われたのか分からないという顔をするルイス。そんな彼に、私はまさかと思いながらも恐る恐る聞いた。

「いや、あの……今のお話を聞いていたら、まるで私を独り占めしたい……みたいに聞こえたので。は、ははっ……そんなわけありませんよね」

さすがに自意識過剰すぎるだろう。そう思ったのだが、彼はキョトンとした顔をして私に言った。

「？　みたいも何も、そう言ったのだが」

「は？」

「私は君を独り占めしたいぞ。それくらいとうに分かってくれていただろう？」

「はあああ？」

目を大きく見開く。

まさかそんなことを言われると思わなかった私は目を白黒させた。

「ル、ルル、ルイス……」

「君の世話は他の誰にも任せたくないし、君には一生私の作ったもの以外食べて欲しくない。できればこの館に閉じ込めて、私以外の目に触れないようにしたいくらいだ。独占欲は強い方だと自覚している」

「……え」

さらりと軟禁発言が飛び出し、ギョッとした。

——そんなこと、堂々と言われても。

どう答えていいものかとても困る。なんだか頭がズキズキと痛み出してきた。これは……ストレスだろうか。いや、多分、突然多量の情報を詰め込まれて頭が悲鳴を上げているだけなのだと思う。

「え、ええとですね、ルイス。私、さすがに閉じ込められるのはちょっと……」

我ながらズレた回答だなと思ったが、思考能力が麻痺《まひ》した頭ではこれが精一杯だった。ルイスが腕を組み、頷く。

「だから、実行してはいないだろう。……料理に関しては……まあ、本気だが」

「本気なんですか……」

「ああ」

断言され、絶句した。それ以上何も言えなかった。

だけど、だけどだ。本気だと言われても実際の話、ルイスの作ったもの以外を一生食べないというのはさすがに無理があると思う。

なんとか気持ちを持ち直した私は、できるだけ強めにルイスに言った。

確認のつもりだった。

「ルイス、念のため言っておきますけど、あなたの作ったもの以外を一生食べないとか、普通に無理ですからね？　世話は約束ですから受け入れますし、嫌じゃないですけど、そういうのは本気で実行しようとしないで下さいよ？」

「？　何故だ。前にも言ったが、君は私の妻になるのだろう。ずっと私に世話をされておけばいい。問題は何も起こらないと思うが」

――嘘でしょ。これで伝わらないの？

本気で分かっていないらしいと知り、愕然とした。自分の頬がまるで痙攣《けいれん》したみたいに引き攣っているのが分かる。

「いやいや……ええと、たとえば、たとえばですけど、ルイスが死んだらどうするんですか。ルイスの作るもの以外食べられないと私、何も食べられなくなりますよね？」

我ながらひどいたとえだなと思ったが、それ以外急には思いつけなかったのだ。でも、実際そうだと思う。

たとえ結婚しても死ぬ時は別だ。彼は料理が上手だし、完全に胃袋を摑まれているので、私が先に死ぬなら彼の言うことを聞くのもありかもしれないが、逆だったらどうするつもりなのだろう。

だが、ルイスは首を傾げるだけだった。

「私が死んだら？　ますます分からないことを言うな。君は私のものなのだから、私が死んでまで生きている意味はないだろう。一緒に眠ってくれるのではないのか？」

「へ……」

「大体、たとえ死のうが、私が君を手放すはずがない。それくらいとっくに分かってくれていると思っていたが？」

「ふあ……？」

「自分で言うのもなんだが、私はかなり重たい男だぞ？　今更逃げられるとでも思っていたのか？」

「ええええええ？」

予想の斜め上すぎる答えが返ってきてギョッとした。

改めてルイスを見る。彼は何を当たり前のことを、という顔をしていた。本気で言っているのは間違いない。

「ええと……」

これはもしかして、もしかしなくても。

――え、そういうこと、なの？

彼の言動から辿り着いた、とある答えに嘘だろうと思いつつも、確認しなければならないので口を開く。ちょっと声が震えていた。

「あの……もしかしてルイスって……私のことを結構好きだったりするんですか？　その……恋愛的な意味で」

「……」

じとっと睨まれた。その視線が怖くて、慌てて否定する。

「あっ、すみません。そんなわけないですよね。私はルイスがお世話するのにちょうどいいから選ばれただけって分かってます。言ってみただけ――って……ルイス？」

ルイスが信じられないという顔で私を見ていた。

何故そんな顔をされなければならないのか。私の方こそ意味が分かりませんと叫びたいところなのだけれど。

「ルイス。……あの、私」

「……まさかとは思うが、本気で今まで気づいていなかったのか」

「へ」

何を、という言葉は声にならなかった。驚きに目を見張る私にルイスがゆっくりと、まるで言い聞かせるように告げる。

「私が、君を好きだということを、だ」

「は……」

息が止まる。その言葉を告げられた一瞬、世界から音が消えた。

「愛していると言い換えてもいい」

「……ひえ」

――アイシテイル？

吃驚しすぎて変な声しか出ない。頭の中は真っ白だ。

だってルイスが私を好き？　そんなことあるわけないだろう。

何せ私は彼のご飯を美味しい美味しいと食べ、彼の世話を受けていただけで、他に特別なことなど何ひとつしていない。どこに惚れられる要素があるというのか。

それに、それに、だ。

「ルイスは、私のこと、妹か何かだと思ってますよね？　わ、私もルイスのことお母さんみたいだなって思って……」

「誰が母だ、誰が。私は君の夫になる男だろう」

「あいたっ」

ぺしっと頭をはたかれた。

ルイスがこれ見よがしな溜息を吐く。

「確かに最初は君を妹のように思っていた。それは否定しない。だが、それはずいぶんと早い段階で消え失せたぞ？　……君と過ごしたほとんどの月日、私は君をひとりの女性として見ていたし、今だってそうだ。私としては行動に出しているつもりだったし、君もうすうすは気づいてくれているものと思っていたのだが？　私の気のせいだったようだな……」

「ひえっ……す、すみません」

事実、全く気づいていなかったので謝るしかない。

だけど、ルイスも同罪だと思う。だって今まで一言も好きだと言わなかったのだから。

確かにそれに近しい言葉は何度も聞いたが、好意的に接してもらえているのは分かっていたし、家族愛だと信じていたから、彼が恋愛の意味で言っているとは思いもしなかったのだ。

私を見る目に熱が籠もる。好意を隠さない瞳に、頬が勝手に熱を持っていく。

——嘘でしょ？　え、ルイスって本当に私のことが好き、なの？　え、嘘、まずくない？

冷静に考えれば、何もまずくはない。

私とルイスは正式な婚約者で、結婚の予定があるのだから。だが、すっかり混乱しきった私は、もう何が正しいのかさっぱり分からなかった。

だから思わず叫んでしまう。

「わ、私、ルイスのこと、お母さんだと思っていたのに！」

「だから、誰が母親だと。……分かった。鈍い君には直接的に言わないと駄目なようだな。これからは君を意識させていくよう行動していくから、そのつもりで」

「む、無理ですっ！」

今まで以上に顔が真っ赤になる。もう全てが恥ずかしかった。

「わ、わ、私……」

ルイスが鷹揚《おうよう》に頷く。

「まあでも、そうだな。君だけが悪いとは言わない。婚約者という立場と、態度で察してくれていると思い言葉にしなかった私にも多少の責はあると思うからな。……分かった。反省の意味を込めて、今後は積極的に好意を口にしていくことにしよう。好きだ」

「ひぃっ！」

「君だけを愛している」

「ふぉっ……！」

「私の気持ちに応えてくれると嬉しい。母親ではなくひとりの男として」

「……ひあっ」

「ああ、もちろん君がどんな答えを出そうが、結婚する事実は変わらないぞ。だから君にはできるだけ早く私を男として好きになってもらいたい。今のままでも楽しいが、どうせなら両想いの恋人同士になりたいからな」

「……」

絶句した。

――無理。本当、無理。

甘い声に耐えきれず両耳を塞ぐ。恥ずかしすぎて泣きたい。

だけどどうしてだろう。

ルイスを見ていると、胸がバクバクしてどうしようもないくらいに痛くなってくる。低くも心地よい声がジンジンと脳髄を揺らし、たまらない気持ちになる。

——何、何なのこれ！

子供のように顔を赤くし、わたわたと狼狽《うろた》える私に、ルイスがまるで今思い出したかのような顔をして言った。

「ああ、そうだ。そういえば言っていなかったな。実は最近、私は趣向が変わったんだ。今までは誰でもいいから世話をさせてもらいたい。ただ、世話ができればそれで満足だったんだが——」

わざとらしく、言葉を区切る。彼は私の手を取り、その甲に口づけながらニヤリと笑った。

勝利を確信した笑みだった。

「今の私の趣味は、婚約者《ロティ》の世話をすることだ。分かったら、これからもしっかり世話されてくれ。

——愛しいロティ」

「ああああああああああ……！」

こんな威力のある攻撃を受けて私が無事でいられるはずがない。

呆気なく色んな意味での許容量を超えた私は、そのまま床にばったりと倒れ伏した。

あとがき

こんにちは、月神《つきがみ》サキです。いつもありがとうございます。

お世話するのではなくお世話される女の子が書きたいという気持ちが昂り、今回の話となりました。異世界転生した王子様にオムライスやカレーで餌づけされる話、楽しんでいただけましたでしょうか。

何度書きながら、「はー、私も誰かにお世話されたい。上げ膳据え膳の生活がしたい」と嘆いたことか。嘆きつつもご飯の用意をしに行かなければならないのが現実でした。現実って悲しい。

刊行ペース、前回からちょっと間が空きましたが、おかげさまでダラダラと過ごすことができました。今年の休みは年末までなさそうな感じなので、少しずつエンジンを上げて締めきりに忠実な作家として頑張っていきたいです。

健康にも気をつけないと……。

何かしなければと焦った結果、家の中でボクササイズができるゲームを始めることにしました。今のところなんとか二ヶ月続いております。次回のあとがきの時まで続いているのか見ものですね。月神はわりと飽きっぽいところがあるので、なかなか難しいのではないかと思っております。

今回、イラストをご担当いただいたのはm《め》／g《ぐ》先生です。先生にはとても美味しそうな料理の数々を描いていただきとても感謝しています。

主役のふたりも最高ですが、個人的にはアーノルドとカーティスの双子がすごく好きでした。イメージ通りのキャラ達をありがとうございます。先生にご担当いただけて、とても幸運でした。

さて、次回ですが、このお話の続きを考えています。

何せ今回、ふたりはくっつくどころか、ヒロインがようやくヒーローの気持ちを知ったところで終わっておりますので。

なんとかふたりを良い感じにまとめてやりたいところです。それを書いたら、今度はフェアリーキスでは久々のピンクにしようかな。

Rありもなしも、どちらも楽しく書いていきたいですね。

最後に宣伝ですが、以前フェアリーキスから出版された『悪役令嬢になりたくないので、王子様と一緒に完璧令嬢を目指します！』のコミカライズが今年の五月から配信開始しています。

漫画を担当して下さるのは、島田《しまだ》ちえ先生。こちらもよろしくお願いいたします。

ではではまた次回、今度は『殿下』の二巻でお会いできますように！

月神サキ

フェアリーキス
NOW ON SALE
コミカライズ
配信スタート！
悪役令嬢になりたくないので、王子様と一緒に完璧令嬢を目指します！
1〜3巻
Saki Tsukigami 月神サキ
Illustration 雲屋ゆきお
私は悪役令嬢……らしい!?
違う違う、そんな最低女なんかじゃない——!!
「リズ・ベルトランは傲慢な我が儘お嬢様で、まさに悪役令嬢という言葉がぴったり」第一王子アランとのお見合いにやってきたリズは、兄に語りかける弟王子の声を偶然聞いて仰天。悪役令嬢って何のこと!? 私、そんな最低女じゃない！ 驚きで涙目になる彼女に、アランは「悪役令嬢にならないように僕が婚約者となって協力してあげる」と申し出てくれた。婚約者の甘すぎる指導にドキドキしながらも、リズは弟王子を見返すために奮闘する！
フェアリーキス
ピュア
fairy kiss
Jパブリッシング　https://www.j-publishing.co.jp/fairykiss/　定価：1320円（税込）

殿下の趣味は、私（婚約者）の世話をすることです

著者　月神サキ

2021年6月5日　初版発行

発行人　神永泰宏

発行所　株式会社 J パブリッシング
〒102-0073　東京都千代田区九段北3-2-5 5F
TEL 03-3288-7907　FAX 03-3288-7880

製版　サンシン企画

印刷所　中央精版印刷株式会社

ISBN：978-4-86669-399-6
Printed in JAPAN